U0623111

让女孩拥有**良好习惯**的62个故事

徐井才◎主编

新 华 出 版 社

图书在版编目（CIP）数据

让女孩拥有良好习惯的 62 个故事/徐井才主编．
—北京：新华出版社，2013.1（2023.3重印）
（越读越聪明）
ISBN 978－7－5166－0355－0 －01

Ⅰ.①让…　Ⅱ.①徐…　Ⅲ.①故事—作品集—世界　Ⅳ.①I14

中国版本图书馆 CIP 数据核字（2013）第 018976 号

让女孩拥有良好习惯的 62 个故事

主　　编：徐井才

封面设计：睿莎浩影文化传媒　　　　　责任编辑：张永杰

出版发行：新华出版社
地　　址：北京石景山区京原路 8 号　　　邮　　编：100040
网　　址：http：//www．xinhuapub．com
经　　销：新华书店
购书热线：010－63077122　　**中国新闻书店购书热线**：010－63072012

照　　排：北京东方视点数据技术有限公司
印　　刷：永清县晔盛亚胶印有限公司

成品尺寸：165mm×230mm
印　　张：12　　　　　　　字　　数：160 千字
版　　次：2013 年 3 月第一版　　印　　次：2023年3月第三次印刷
书　　号：ISBN 978－7－5166－0355－0 －01
定　　价：36.00 元

第一章 目标明确的女孩有前进的动力

成长漫画 …………………………………………… 1

我的成长计划书 …………………………………… 5

目标创造辉煌 ……………………………………… 6

十年磨一剑 ………………………………………… 8

一座完美的花园 …………………………………… 10

有明确而完整的构想 ……………………………… 12

浓雾中的游泳 ……………………………………… 14

带着目标上路 ……………………………………… 16

待在能够实现目标的地方 ………………………… 18

优秀女孩训练营 …………………………………… 20

第二章 做事专注认真的女孩让人信赖

成长漫画 …………………………………………… 21

我的成长计划书 …………………………………… 25

你可以选择做得更好 ……………………………… 26

成功就是专注地做 ………………………………… 28

如果你比对手更专注 ……………………………… 30

做精一碗汤 ………………………………………… 32

闪烁的女将星 ……………………………………… 34

不怕困难，做到最好 ……………………………… 36

有专注才有成功 …………………………………… 38

优秀女孩训练营 …………………………………… 40

让女孩拥有良好习惯的 62个 故事

第三章 勤俭节约的女孩才最美丽

成长漫画 ·········· 41

我的成长计划书 ·········· 45

绝不浪费每一美元 ·········· 46

一鸟在手胜过两鸟在林 ·········· 48

不浪费就不缺乏 ·········· 50

珍妮弗的致富秘籍 ·········· 52

一次特别的缺水体验 ·········· 54

"阿拉灯"的故事 ·········· 56

瑞士的节俭之风 ·········· 58

优秀女孩训练营 ·········· 60

第四章 谦虚温和,做气质优雅小淑女

成长漫画 ·········· 61

我的成长计划书 ·········· 65

给孩子道歉 ·········· 66

水泡的下场 ·········· 68

谦卑的一笑 ·········· 70

娥皇女英 ·········· 72

避免"脾气败" ·········· 74

低调做人的母亲 ·········· 76

优秀女孩训练营 ·········· 78

第五章 关爱他人，让女孩更具亲和力

成长漫画 ·········· 79

我的成长计划书 ·········· 83

洗手间里的晚宴 ·········· 84

捐赠天堂 ·········· 86

最美的彩虹 ·········· 88

慈善的不是钱，是心 ·········· 90

柜台里的小人书 ·········· 92

迷途笛音 ·········· 94

优秀女孩训练营 ·········· 96

第六章 懂得合作分享的女孩有大智慧

成长漫画 ·········· 97

我的成长计划书 ·········· 101

越分享越美丽 ·········· 102

一个苹果一生情 ·········· 104

钓鱼高手 ·········· 106

母亲的哲学 ·········· 108

你与之交往的人就是你的未来 ·········· 110

分享花园 ·········· 112

优秀女孩训练营 ·········· 114

第七章 珍惜时间的女孩会有更多收获

成长漫画 ·························· 115

我的成长计划书 ·················· 119

沙漏 ···························· 120

珍惜每一分钟 ···················· 122

琳琳的时间布 ···················· 124

木板上的草莓 ···················· 126

浪费了谁的时间 ·················· 128

每天十分钟 ······················ 130

优秀女孩训练营 ·················· 132

第八章 善于思考,做个聪明有内涵的女孩

成长漫画 ·························· 133

我的成长计划书 ·················· 137

动脑的结果 ······················ 138

红光的来源 ······················ 140

头脑决定前途 ···················· 142

没有谁生来就平庸 ················ 144

穿上鞋子就可以了 ················ 146

怎样计算灯泡的容积 ·············· 148

优秀女孩训练营 ·················· 150

第九章 勤奋努力的女孩离成功最近

成长漫画 ···· 151

我的成长计划书 ···· 155

东方神鹿王军霞 ···· 156

永远的坐标 ···· 158

我要拿110分 ···· 160

为梦想，"三进三出"游泳池 ···· 162

掉进米缸里的老鼠 ···· 164

优秀女孩训练营 ···· 166

第十章 热爱读书，让女孩散发知性魅力

成长漫画 ···· 167

我的成长计划书 ···· 171

只要能读书 ···· 172

学途坎坷的塔吉娅娜 ···· 174

爱读书的茉莉 ···· 176

李清照买书 ···· 178

邓颖超的阅读习惯 ···· 180

爱书的冰心 ···· 182

优秀女孩训练营 ···· 184

第一章

目标明确的女孩有前进的动力

◀ 以前的我

爸爸妈妈都为我的将来作安排。

我不知道自己以后想从事什么职业。

◀ 现在的我

医生和舞蹈家都不是我喜欢的。

我想做一名记者。

以前的我

老师发试卷时，得了"优"的同学都很开心。

我拿着一张写着"中"的试卷，一点儿愧疚感都没有。

现在的我

我看着这样的成绩，眼泪汪汪。

我决定下次考试一定要拿到"优"。

◀ 以前的我

百米跑道上，瘦弱的我一个人落在队伍的最后。

跑最后不是我的错，是身体不好。

表情不在乎的我。

◀ 现在的我

我要每天锻炼身体。

下次百米比赛，我要拿冠军！

让女孩拥有良好习惯的62个故事

以前的我

学校组织我们去参观名人画像展览。

我一点儿兴趣都没有。

现在的我

我站在居里夫人的画像前。

我也要做像居里夫人那样的女强人！

我的成长计划书

目标明确的女孩有前进的动力

以前啊，我做事可没目标感了，真的有点儿像只无头的小苍蝇；做作业不能按时完成，成了班上的"奥特曼"（就是说我特慢）和"拖拉机"；学小手工也只学了点儿皮毛就转而学画画去了……但是，我可不想成为什么都不会的小可怜，所以，从今天起，我要改变自己，做不一样的我了！

1. 我要每天按时完成作业，绝不拖拉。

2. 我要把笔记做得工工整整，不再那么潦草得让同学们笑话我了。

3. 为了这学期期末考试时英语成绩能达到90分，我来做一个详细的周计划。

4. 阳台上的花需要按时浇水，我决定接过这个任务，替爸爸来浇花。

5. 每个星期天我都要睡懒觉，从今天起我要改掉这个坏习惯，早点起床锻炼身体。

6. 我要把每个月的零花钱存一部分出来，等到满一年时就捐给贫困地区的小朋友。

目标创造辉煌

玛莉露·雷登在高中二年级时已经成为弗吉尼亚州体操选手中最出色的一位，但是谁也没有想到她会成为世界上最优秀的体操选手，包括她自己。

14岁那年，玛莉露到内华达州雷诺市参加一场体操比赛。就在那一天，指导过奥运体操金牌得主娜迪亚的罗马尼亚籍教练贝拉·卡罗里主动找上了玛莉露。后来玛莉露回忆道："他是体操界的国王，居然会来找我。他拍着我的肩膀，用很重的罗马尼亚口音对我说，'玛莉露，你来找我，我能把你造就成奥运冠军！'"

当时第一个闪过玛莉露脑海中的念头是："不可能！"不过，贝拉·卡罗里在整场内华达州的体操比赛中，显然只注意到她。玛莉露回忆时说："于是我们坐下来开始谈话。后来他又跟我父母谈话，对他们说，'我不能保证玛莉露能进入体操代表队，但是我知道她是块好材料。'"

玛莉露从小就梦想有一天能参加奥运比赛，但是这一次，却是由一位体操界伟人说出了她的梦想！对玛莉露来说，这目标就如同刻在磐石上一样坚定。她说："当时我承担的风险很大，我得离开亲人与朋友，住在素昧平生的人家中，与一些陌生女孩一起受训。这么重大的决定令我惶恐。我不知道能得到什么，不过同时我也很兴奋。这位教练居然愿意训练我，渺小的、从弗吉尼亚名不见经传的小地方来的我被他选中了！"

当然，她绝不能让卡罗里教练失望。从那一刻起，她把参加奥运比赛并且取得优异成绩设为自己全力以赴的目标。当时距离玛莉露以连续两次满分的成绩为

坚持的感动

19岁的卢比那是阿富汗短跑女运动员，由于阿富汗国内还处于重建阶段，百废待兴，她没有专门的训练场所，也没有训练经费。由于这样的条件，她只能在水泥地上练习，过不了几天脚就肿起来了。尽管如此，她还是坚持训练，她坚信自己是运动员。当卢比那接受中央电视台采访时，她美丽的脸庞和灿烂的微笑让人们懂得了什么叫对奥运精神的追求，什么叫超越国界的梦想。

美国体操队夺得奥运金牌，也不过短短两年半的时间。从那届奥运会以后，几乎没有人不认识这位体操皇后了。

有了目标，就会有一股勇往直前的冲劲。你的目标能使你超越自己。当你有了精彩的目标后，你才会有伟大的成就，你的人生才会变得精彩。成就一个人未来的，就是他心中设定好的目标。

从现在起，我要为自己设定一个成就未来的目标。

十年磨一剑

1974年，郭静出生在沂蒙老区——山东沂南县青驼镇东冶村。

她17岁初中毕业，虽然成绩很好，但因为家庭贫困不得不辍学了。像村里的年轻人一样，她开始了漂泊的打工生活。她到过上海、徐州、威海、秦皇岛，扫过大街、捡过破烂……被地痞辱骂、殴打过，被城管赶过，被跟她抢废品的人骂过。后来，她在大连落了脚，一次与大连环境科学设计研究院的高级工程师瀛文风相遇相知，她萌生了参加自学考试的念头。当年，她报考了大连外国语学院成人大专英语的自考班。英语学习靠的是日积月累，她毕竟只有初中文化程度，英语底子本来就薄，更何况，作为一个在都市打工的弱女子，既要面对高于常人的生存压力，又要面对毫无情面可讲、更无投机可言的国家统一考试，她，能行吗？

但是，她用行动告诉大家——我能行！

她历尽艰辛，通过10年的刻苦学习，终于成为了中国科学研究院的法律硕士研究生。

回忆起这些年的经历，往日的那些艰辛历历在目。但是，她没有过多地言及这些苦涩，而是更多地说起了她的求学经历。

她对学习一直很执着。一边卖菜一边看书，在大

连市的冬季没有取暖设施的情况下，她依然发奋学习，光是通过英语成人自学本科考试，她就考了6年。通过了自学本科考试后，她仍一边卖菜一边看书，人家还以为她是在看小说。她特意将书皮用胶带包上，不希望人们对她产生不理解。她的座右铭是：必须通过学习，提高自己的地位，摆脱贫穷、饥饿、无助的状态，要用法律替打工者办些事！亲人不理解她，朋友也说读不懂她，她一个人就这样孤独地坚持着。在她产生动摇时，她会想到，自己今后不能窝窝囊囊地过一辈子，必须为穷人办点实事。她告诉自己，必须坚强起来！

她说："只要梦想不死，一切皆有可能！"一个有目标的人和一个没有目标的人是不一样的。目标是成功的起点，当你明确了自己的人生目标，你便找到了人生的主流，也就找到了奋斗的方向，我们的潜力也才能得以充分发挥。你就会明白：什么事情是重要的，什么事情是不重要的；什么样的知识是你必须掌握的，什么样的知识你不掌握也没关系。郭静无疑是我们的榜样。

成长课堂

你有梦想吗？你想实现它吗？那你就要不断努力、冲刺、抗争、拼搏，目标就会一步一步向你靠近。任何目标都是无法一步达成的，如果分成小的目标，行动起来就会更有动力和行动方向。同时，当达到这些小目标的时候，也会进一步增强自信心。

优秀女孩宣言

做一个带着梦想前行的女孩！

一座完美的花园

一个星期前，艾萨克的好友沃斯打电话过来，说山顶上有人种了水仙，执意要她去看看。此刻，艾萨克正在途中，勉勉强强地赶着那两个小时的路程。

通往山顶的路上不但刮着风，而且还被雾封锁着。艾萨克小心翼翼、慢慢地将车开到了沃斯的家里。

"我是一步也不肯走了！"艾萨克宣布，"我留在这儿吃饭，只等雾一散开，马上打道回府。"

"可是我需要你帮忙。将我捎到车库里，让我把车开出来好吗？"沃斯说，"至少这些我们做得到吧？"

"离这儿多远？"艾萨克谨慎地问。

"3分钟左右。"她回答，"我来开车吧！我已经习惯了。"

10分钟以后还没有到。艾萨克焦急地望着她："我想你刚才是说3分钟就可以到。"

她咧嘴笑了："我们绕了点儿弯路。"

她们已经回到了山路上，顶着像厚厚面纱似的浓雾。值得这么做吗？艾萨克想。到达一座小小的石筑教堂后，她们穿过旁边的一个小停车场，沿着一条小道继续行进。雾气散去了一些，透出灰白且带着湿气的阳光。

这是一条铺满了厚厚的老松针的小道，茂密的常青树罩在她们上空，右边是一个很陡的斜坡。渐渐地，这地方的平和宁静抚平了艾萨克的情绪。突然，在转过一个弯后，她吃惊得喘不过气来了。

就在她眼前，就在这座山顶上，就在这一片沟壑和树林灌木间，有好几英亩的水仙花，各色各样的黄花怒放着，从象牙般的浅黄到柠檬般的深黄，漫山遍野地铺盖着，像一块美丽的地毯，一块燃烧着的地毯。在这令人迷醉的黄色的正中间，是一片紫色的风信子，如瀑布倾泻其中。一条小径穿越花海，小径两旁是成排的珊瑚色的郁金香。仿佛这一切还不够美丽似的，偶尔有一两只蓝鸟掠过花丛，或在花丛间嬉戏，它们那红色的胸脯和蓝色的翅膀，就像闪动着的宝石。

一大堆的疑问涌上艾萨克的脑海：是谁创造了这么美丽的景色和这样一个完美的花园？为什么？为什么在这样的地方？在这个荒无人烟的地带？这座花园是怎么建成的？

走进花园的中心，有一个小屋，他们看见了一行字："我知道您要问什么，这儿是给您的回答。"

第一个回答是："一位妇女——两只手、两只脚和一点点想法。"

第二个回答是："一点点时间。"

第三个回答是："开始于1958年。"

回家途中，艾萨克沉默不语。她震撼于刚刚所见的一切，几乎无法说话。"她改变了世界。"艾萨克说道，"她在40多年前就开始了，这些年来每天只做一点儿。因为她每天一点点不停地努力，这个世界便永远地变美丽了。想象一下，如果我以前早有一个理想，早就开始努力，只需要在过去每年里的每一天做一点点，那我现在可以达到怎样的一个目标呢？"

沃斯在身旁看着她笑了："明天就开始吧。当然，今天开始最好不过。"

成长课堂

成功与不成功的差别只在一些小小的动作：每天花5分钟阅读、多打一个电话、多努力一点儿、在适当时机的一个表示、多做一些研究，或在实验室中多试验一次。积少成多，每天一点点，终会创造奇迹。

优秀女孩宣言

我要从现在开始，每天背诵十个单词。

有明确而完整的构想

有一次，在高尔夫球场，罗曼·V.皮尔在草地边缘把球打进了杂草区。有一个女青年刚好在那里清扫落叶，就和他一块儿找球。那时，女青年很犹豫地说：

"皮尔先生，我想找个时间向您请教。"

"什么时候呢？"皮尔问道。

"哦！什么时候都可以。"她似乎颇为意外。

"像你这样说，你是永远没有机会的。这样吧，30分钟后在第18洞见面谈吧！"皮尔说道。30分钟后他们在树阴下坐下，皮尔先问她的名字，然后说："现在告诉我，你有什么事要同我商量？"

"我也说不上来，只是想做一些事情。"

"能够具体地说出你想做的事情吗？"皮尔问。

"我自己也不太清楚。我很想做和现在不同的事，但是不知道做什么才好。"她显得很困惑。

"那么，你准备什么时候实现那个还不能确定的目标呢？"皮尔又问。

女青年对这个问题似乎既困惑又激动，她说："我不知道。我的意思是有一天，有一天想做某件事情。"于是皮尔问她喜欢做什么事，她想了一会儿，说想不出有什么特别喜欢的事。

"原来如此，你想做某些事，但不知道做什么好，也不确定要在什么时候去做。更不知道自己最擅长或喜欢的事是什么。"

听皮尔这样说，她有些不情愿地点点头说："我真是个没有用的人。"

"哪里。你只不过是没有把自己的想法加以整理，或缺乏整体构想而已。你人很聪明，性格又好，又有上进心，有上进心才会促使你想做些什么。我很喜欢你，也很信任你。"

皮尔建议她花两个星期的时间考虑自己的将来，并明确决定自己的目标，不妨用最简单的文字将它写下来。然后估计何时能顺利实现，得出结论后就写到卡片上，再来找自己。

两个星期以后，那个女青年显得有些迫不及待，至少精神上看起来像完全变了一个人似的出现在皮尔面前。这次她带来明确而完整的构想，已经掌握了自己的目标，那就是要成为她现在工作的高尔夫球场的经理。现任经理5年后退休，所以她把达到目标的日期定在5年后。

她在这5年的时间里确实学会了担任经理必备的学识和领导能力。经理的职务一旦空缺，没有一个人是她的竞争对手。

又过了几年，她的地位依然十分重要，成为公司不可缺少的人物。她根据自己任职的高尔夫球场的人事变动决定未来的目标。现在她过得十分幸福，非常满意自己的人生。

成长课堂

拥有明确的目标，才能有前进的动力和方向。人的思维在青少年阶段正是迷茫的时期，一定要好好把握，并努力提高自己的能力，才能获得美丽的人生。

优秀女孩宣言

我要为自己设定一个明确而完整的目标！

浓雾中的游泳

1952年7月4日清晨，加利福尼亚海岸笼罩在一片浓雾之中。在海岸以西21英里的卡塔林纳岛上，一个34岁的妇女跳入太平洋中，开始向加州海岸游去。要是成功了，她就是第一个游过这个海峡的妇女，这名妇女叫费罗伦丝·查德威克。在此之前，她是游过英吉利海峡的第一个妇女。

那天清晨，海水冻得她身体发麻，雾很大，她几乎看不见护送她的船。时间一小时一小时地过去了，她一直不停地游。15个小时后，她又累又冷，她知道自己不能再游了，就叫人拉她上船。她的母亲和教练在另一条船上，他们都告诉她离海岸很近了，叫她不要放弃。但她朝加州海岸望去，除了茫茫大雾，其他什么也看不到。

又过了几十分钟，她叫道："实在游不动了。"人们把她拉上了船。几个小时后，她渐渐暖和了过来，这时却开始感到失败的打击，她不假思索地说："说实在的，我不是为自己找借口，如果当时我看见陆地，也许我能坚持下来。"

其实，她上船的地点，离加州海岸只有半英里！这是多么让人颓丧的一个消息，后来她说："令我半途而废的不是疲劳，也不是寒冷，而是因为我在浓雾中看不到目标。"

这也是她一生中唯一一次没有坚持到底。每次想起这件事，想起自己在快要成功的瞬间败下阵来，都让她痛苦不已，于是她更加发奋地提高身体的素质。

两个月后，她成功地游过了同一个海峡，她不但是第一个游过卡塔林纳海峡的女性，而且比男子的纪录还快了两个小时。

查德威克虽然是一个游泳好手，但她也需要有清楚的目标，才能激发持久的动力，坚持到底。我们的学习同样需要有明确的目标，有了目标，我们就能有更大的干劲，有更持久的力量。

所以说，拥有目标的好处在于，我们只有知道自己的目标在哪儿，才能走上正确的轨道，奔向正确的方

小熊维尼(Pooh)

小熊维尼(英文名Winnie the Pooh，或简称Pooh)，是A.A.米尔恩为他的女儿创造出来的漫画熊，因为其可爱的外形与憨厚的个性，维尼迅速成为了世界知名的熊之一。虽然"Winnie"是一个女性的名字，但小熊维尼却是一头雄性的小熊，因为"Winnie"是小熊家乡加拿大的温尼伯(Winnipeg)的简称；而"Pooh"则是因为小熊维尼在吹停在他鼻子上的蜜蜂时，嘴里会发出Pooh、Pooh的声音而得来的。

向，并拥有强大的动力。有了目标，即使在做一件最微不足道的事情，也会有意义。

有目标的人会义无反顾地朝着目标前进。他们不畏艰辛地追求自己的人生理想，尽管他们所追求的理想有时难以实现，但他们还是认为，只要树立了目标，目标就会吸引自己不顾一切地去奔赴。

 成长课堂

其实，我们每一个人在这个世界上都是有自己的目标的，尽管许多人并不一定清醒地意识到自己的目标。在生活中，目标就是人生命的意义，没有目标，生命的一半就失却了。

 优秀女孩宣言

我要想想我的未来，我要为我的未来而拼搏！

带着目标上路

　　目标是一盏明灯，照亮了属于你的生命；目标是一个路牌，在迷路时为你指引方向；目标是一方罗盘，给你引导人生的航向；目标是一支火把，它能燃烧每个人的潜能，牵引着你飞向梦想的天空。罗曼·罗兰说："人生最可怕的敌人，就是没有明确的目标。"的确，目标是你追求的梦想，目标是成功的希望。失去了目标，你便失去了方向，失去了一切。

　　在一百多年前，一位穷苦的牧羊人带着他的孩子来到了一个山坡上，一群大雁鸣叫着从他们的头顶上飞过，并很快消失在远方。望着渐飞渐远的大雁，牧羊人的两个女儿的心中都升起一股莫名的情绪，她们多么渴望可以和大雁一样在空中自由自在地飞翔啊。然而，她们似乎从来都没有见到过可以飞翔的人。

　　于是，牧羊人可爱的小女儿问父亲："爸爸，大雁要飞往哪里啊？"牧羊人说："大雁每年都要从这儿飞过去，它们要去一个温暖的地方，那里很遥远，但是有很多它们的亲人在那里。它们会在那里安家，度过寒冷的冬天。"大女儿眨着眼睛羡慕地说："要是我们也能像它们那样飞起来该多好呀！"

　　牧羊人沉默了一会儿对两个女儿说："只要你们想，你们也能飞起来。"两个女儿俏皮地在山坡上跑起来，冲着山下的方向努力跳跃，站在风中张开自己的双臂，她们想借助风的力量让自己飞翔起来，就像牧羊人告诉她们的那样，可以像大雁一样自由自在地飞翔。但是，她们却都没有飞起来，她们用怀疑的目光看着父亲。

牧羊人看着女儿们憨态可掬的样子，忍不住露出了慈爱的微笑。他抚摸着女儿们的头，望着远方的天空，肯定地说："只有

蒙奇奇(Monchhichi)

蒙奇奇是两只代表"幸福"和"幸运"的超人气小猴子。脖子上挂蓝色围兜的是男的，名叫"蒙奇奇oKun"，粉红色是女的，名叫"蒙奇奇oChan"；他俩都有一个习惯性的动作，那就是吮大拇指，不过在正式的场合，他们就把手指放下来，因为他们也是很懂礼貌的。在日本还有一个传说，送一只蒙奇奇给心仪的人，就预祝了两个人一辈子的幸福和幸运。

插上理想的翅膀，树立了坚定的目标，才可以飞向你们想去的地方。"

两个女儿牢牢记住了父亲的话，并一直向目标努力着，奋斗着。她们携手努力，终于在十几年之后，进入了最著名的大学，在那里，她们用知识武装自己，这对姐妹花成了校园里最聪明的姐妹。而后来，她们果然飞了起来，因为她们发明了飞机的一个重要零部件。

可见，没有目标和梦想不行，光说不做也不行，只有经过不懈的努力，不断地克服困难，才能够成就目标和理想。

而我们——莘莘学子的目标就是好好学习，只要有顽强的意志、坚韧不拔的决心、充沛的体力，我们就能把自己的成绩发挥到最高境界。

 ## 成长课堂

在我们的学习生活中，也需要有目标。有了目标，就有了拼搏的动力，也就有了无穷无尽的力量去克服困难，去挑战困难，从而赢得成功。

 ## 优秀女孩宣言

年轻没有失败，要相信自己能行！

待在能够实现目标的地方

朋友们都认为爱丽丝很有写作才能，但不知道她为什么不能靠写作维持自己的生活。

爱丽丝认为她必须先有了灵感才能开始写作，作家只有感到精力充沛、创造力旺盛时才能写出好的作品。为了写出优秀的作品，她觉得自己必须等待情绪来了之后，才能坐在打字机前开始写作。如果她某天感到情绪不高，那就意味着她那天不能写作。

不言而喻，要具备这些理想的条件并不是有很多机会的，因此，爱丽丝也就很难感到有多少好情绪使她得以成就任何事情，也很难感到有创作的欲望和灵感。这便使她的情绪更为不振，更难有好情绪出现，因此也越发地写不出东西来。

通常，每当爱丽丝想要写作的时候，她的脑子就变得一片空白，这种情况使她感到害怕。所以，为了避免瞪着空白纸页发呆，她就干脆离开打字机，去收拾一下花园，把写作忘掉，心里马上就好受些。她也尝试用其他办法来摆脱这种心境，比如打扫卫生间。

但是，对于爱丽丝来说，在盥洗间或在花园种种玫瑰，都无助于在白纸上写出文章来。

后来，爱丽丝借鉴了著名作家、国家图书奖获得者乔伊斯·奥茨的经验。奥茨的经验是："对于'情绪'这种东西可不能心软。从一定意义上来说，写作本身也可以产生情绪。有时，我感到疲惫不堪，精神全无，连五分钟也坚持不住了，但我仍然强迫自己坚持写下去，而且不知不觉地，在写作的过程中，情况完全变了样。"

爱丽丝认识到，要完成一项工作，你必须待在能够实现目标的地方才行。要想写作，就非得在打字机前坐下来不可。

经过冷静的

女数学家诺特

爱米·诺特生长在犹太籍数学教授的家庭里，她从小就喜欢数学，25岁便成了世界上屈指可数的女数学博士。但由于当时妇女地位低下，她连讲师都评不上。在大数学家希尔伯特的强烈支持下，诺特才由希尔伯特的"私人讲师"成为哥廷根大学第一位女讲师。在她53岁辞世时，爱因斯坦在《纽约时报》发表悼文说："根据现在的权威数学家们的判断，诺特女士是自妇女受高等教育以来最重要的富于创造性的数学天才。"

思考，爱丽丝决定马上开始行动起来。她制订了一个计划。她把起床的闹钟定在每天早晨7点半。到了8点钟，她便可以坐在打字机前，她的任务就是坐在那里，一直坐到她在纸上写出东西。如果写不出来，哪怕坐一整天，她也在所不惜。她还定了一个奖惩办法：早晨打完一页纸才能吃早饭。

第一天，爱丽丝忧心忡忡，直到下午2点钟她才打完一页纸；第二天，爱丽丝有了很大的进步，坐在打字机前不到两小时，她就打完了一页纸，较早地吃上了早饭；第三天，她很快就打完了一页纸，接着又连续打了5页纸，才想起吃早饭的事情。她的作品终于产生了。她就是靠坐下来、动手干，学会了面对艰难的工作。

成长课堂

很多时候我们不去做某件事情，不是因为我们做不到，而是给自己找了不去做的借口。强迫自己去做并且做好，正是对抗这种情绪和惰性的突破口，无数成功者带给我们的启示是，只有战胜了自己才能获得最终的胜利。

优秀女孩宣言

把自己的惰性当作必须要战胜的敌人，只有越过它我才能获得胜利。

读了这么多精彩的故事,和故事中的主人公比起来,你觉得自己能成为一个目标明确的人吗?不妨来训练营锻炼一下自己吧!

甜甜的 计划

程甜甜是五年级的学生,她每天都觉得自己很忙,但她每天该做的事情都做不完,总是做这个的时候想起那个。她一会儿看看要复习的书,一会儿想要去完成老师布置的课外观察作业,搞得自己很疲惫,经常都是作业没做完就睡着了,有时候第二天上学还迟到。

甜甜的时间安排得很乱,你能帮她出谋划策,看怎样才能合理安排时间吗?

答案在184页

《名著该怎么读》答案:

小学生读名著,确实有点儿难度,但是很多人都成功地读完了,受益匪浅。这里有一些帮助阅读的小方法,我们不妨试试。

1.不求甚解法:读书方法要灵活,不拘泥于咬文嚼字,而重在领会要旨、求其真谛。

2.见缝插针法:就是挤时间读书。实际上,每个同学在紧张的学习生活中,想花大量时间来读那些名著是不可能的,只有见缝插针,才能化整为零,于繁忙之中"巧"读书。

3.粘贴式读书法:就你所看的内容选择感触最深的一点,写一篇读书心得(可长可短),或者将很难理解的问题写在纸条上,贴在书的相应位置,有时间再去问老师和家长。

4.探讨交流法:和正在读或者已经读完这本书的同学共同讨论不懂的地方,这样会增添我们的读书兴趣。

第二章
做事专注认真的女孩让人信赖

▶ 以前的我

我在书房做作业，耳朵却听着外面的电视声音。

客厅里正在放的电视剧真好看！

我连作业本上也写成了电视剧里的台词。

◀ 现在的我

我安心做我的作业。

我用纸塞住耳朵。

让女孩拥有良好习惯的 62个故事

以前的我

课堂上，老师在讲课，同学们都在认真地听讲。

我却把手藏在课桌下玩翻皮筋。

现在的我

我把皮筋放进课桌里。

我认真地听老师讲课。

22

以前的我

我从教室的窗口往外看，操场上有同学在做游戏。

我无心上课，心都飞到操场上去了。

现在的我

我关上窗户，以免受到外面声音的影响。

我认真听课，心无旁骛。

◀ 以前的我

我在琴房漫不经心地弹着钢琴。

刚才经过这儿的不是隔壁班的才女么？

我弹钢琴时，头总是不停地朝门外望去。

◀ 现在的我

琴房外有很多人经过。

我陶醉在自己弹奏的钢琴乐曲中。

我的成长计划书

做事专注认真的女孩让人信赖

我这个人嘛，总体来说是很不错的，但是，我偶尔也会上课开小差，或者偷偷地背着老师看课外书，这样可不好了，所以我考试时总是不能得第一。现在知道问题的症结了，我得认真改正了！

1. 上课时，我一定要认真、专心，我要求老师监督我。

2. 阅读时进入故事情境，可以让我更专心地阅读。

3. 我做作业时决不看电视、听音乐。

4. 学跳舞时我就只专心跳舞，再也不打打闹闹了。

5. 搞卫生时，我不会跑出去捉蝴蝶了。

6. 我首先要做的，就是吃饭的时候不看书。

你可以选择

做得更好

1999年《读书》杂志第2期有一篇文章叫《没有选择的选择》，作者是外交学院的副院长任小萍女士。在她的职业生涯中，每一步都是组织安排的，自己并没有任何自主权。但是，在每一个岗位上，她也有自己的选择，那就是要比别人干得更好。

1968年，任小萍成了北京外国语学院的一名工农兵学员。当时她在班里年纪最大，水平最差，第一堂课就因为回答不出问题而站了一节课。第二天，教室里就挂出了一条横幅：不让一个阶级弟兄掉队。她就是这个"阶级弟兄"。但是等到毕业的时候，她却成了全年级最好的学生之一。

大学毕业后她被分配到英国大使馆当接线员，很多人认为这是一个很没有出息的工作，但她却把这个普通工作做出了花儿。她把使馆所有人的名字、电话、工作范围，甚至家属的名字都记得滚瓜烂熟。有些电话打进来，有事不知道找谁，她就多问问，尽量帮他们准确地找到人。慢慢地，使馆人员有事要外出，并不告诉他们的翻译，而是给她打电话，告诉她有谁来电话，请

女孩卡片

艾薇塔·贝隆

用娇艳来形容总统夫人是少见的，但艾薇塔·贝隆就适用，她去世的时候只有33岁，她登上"第一夫人"的宝座时年仅26岁。从舞女到明星，从私生女到总统夫人，她曾经哀叹"永远也不会被理解"。其实，阿根廷人民对她深深缅怀，如果她处在一个公平、富足的时代，像她那样一个曾经天真无邪的女孩，就不必为生存去做不愿意去做的事情。她应该能够选择更属于她的生活方式。

转告什么事，有许多公事、私事也都委托她通知，任小萍成了全面负责的留言点、大秘书。几乎大使馆里每一个人都知道了任小萍这个小小接线员的大名。

她态度和蔼、表达流利、声音婉转、动作迅速、反应机敏，赢得了人们的信任和称赞。有一次，大使竟然跑到她的房间，笑眯眯地表扬她，这是破天荒的事情。结果没多久，她就因工作出色而被破格调去给英国某大报记者处做翻译。该报的首席记者是个名气很大的老太太，得过战地勋章，被授过勋爵，本事大、脾气大，把前任翻译都气跑了。刚开始时，她也不要任小萍，她看不上她的资历，后来才勉强同意一试。一年后，老太太经常对别人说："我的翻译比你的好上十倍。"不久，工作出色的任小萍又被破格调到美国驻华联络处，她干得同样出色，获外交部嘉奖。

任小萍就是这样，认真地对待自己的每一份小小的工作，在每一份工作中她都会表现得特别突出，这样的精神让她不断脱颖而出，在她后来所从事的诸多工作中，她的认真给每一个与她共事过的同事都留下了深刻的印象，而她也因为出色的表现被不断提拔，成为了外交学院的一名女院长。

成长课堂

大多数时候，我们认定了遥远的目标，但实际朝着目标前进的时候，有时候好高骛远，想马上到达那里，有时候东张西望，觉得不如别的更好玩儿。认真做好自己的每一件小事，看准方向，专心向前，你也可以做得更好。

优秀女孩宣言

我可以选择认真做好每一件小事，那么将来肯定能做好一件大事。

一位全国著名的推销大师即将告别她的推销生涯，应行业协会和社会各界的邀请，她将在该城中最大的体育馆作告别职业生涯的演说。

那天，会场座无虚席，人们在热切地、焦急地等待着那位当代最伟大的推销员作精彩的演讲。大幕徐徐拉开，舞台的正中央吊着一个巨大的铁球。为了这个铁球，台上搭起了高大的铁架。

一位老者在人们热烈的掌声中，走了出来，站在铁架的一边。她穿着一件红色的运动服，脚下是一双白色胶鞋。

人们惊奇地望着她，不知道她要做出什么举动。

这时，两位工作人员抬着一个大铁锤，放在老者面前。主持人对观众们讲："请两位身体强壮的人到台上来。"好多年轻人站起来，转眼间已有两名动作快的跑到了台上。

老人这时开口跟他们讲规则，请他们用这个大铁锤，去敲打那个吊着的铁球，直到把它荡起来。

一个年轻人抢先拿起大铁锤，拉开架势，抡起大铁锤，全力向那吊着的铁球砸去，一声震耳的响声过后，那吊球纹丝没动。他就用大铁锤接二连三地砸向吊球，很快他就气喘吁吁了。

另一个人也不示弱，接过大铁锤把吊球砸得叮当响，可是铁球仍旧一动不动。

台下逐渐没了呐喊声，观众们好像认定那是没用的，就等着老人作出解释。

会场恢复了平静，老人从上衣口袋里掏出一个小锤，然后认真地面对着那

成功

就是专注地做

28

个巨大的铁球。她用小锤对着铁球"咚"敲了一下，然后停顿一下，再一次用小锤"咚"敲了一下。人们奇怪地看着，老人就那样"咚"敲一下，然后停顿一下，就这样持续地做。

10分钟过去了，20分钟过去了，会场早已开始骚动，有的人干脆叫骂起来，人们用各种声音和动作发泄着他们的不满。老人仍然专注地一小锤一停地工作着，她好像根本没有听见人们在喊叫什么。人们开始愤然离去，会场上出现了大块大块的空缺。留下来的人们好像也喊累了，会场渐渐地安静了下来。

大概在老人进行到40分钟的时候，坐在前面的一个妇女突然尖叫一声："球动了！"霎时间会场鸦雀无声，人们聚精会神地看着那个铁球。那球以很小的摆度动了起来，不仔细看很难察觉。老人仍旧一小锤一小锤地敲着，吊球在老人一锤一锤的敲打中越荡越高，它拉动着那个铁架子"哐哐"作响，它的巨大威力强烈地震撼着在场的每一个人。终于场上爆发出一阵热烈的掌声。在掌声中，老人转过身来，慢慢地把那把小锤揣进了兜里。

老人开口讲话了，她只说了一句话：在成功的道路上，你没有专注于自己所做的事情，去等待成功的到来，那么，你只好用一生的时间去面对失败。

成长课堂

很多人以为成功很难，成功要付出太多、会很痛苦，就不去想和追求。实际上，只要有耐心，有吃苦耐劳的品质，也可以实现成功的目标。你可以不思成功，但你的生活并不会因此而轻松。你专注于做自己所做的事情，你会因此而活得更精彩。

优秀女孩宣言

我要认真把我的字写得更漂亮！

如果你比对手更专注

　　我的朋友罗丝太太喜欢在闲暇时间观察鸟类。几年前，罗丝太太买了一幢新房子，附近草木葱茏。入住后的第一个周末，她就在后院里装了个喂鸟器。就在当天日暮时分，一群松鼠弄倒了喂鸟器，吃掉了里面的食物，把小鸟吓得四散而去。在接下来的两周里，罗丝太太绞尽脑汁想出各种办法让松鼠远离喂鸟器，就差没有使用暴力了，但丝毫不起作用。

　　万般无奈之下，她来到了当地一家五金店。在那儿她找到了一种与众不同的喂鸟器，带有铁丝网，还有个让人动心的名字，叫"防松鼠喂鸟器"。这回可保万无一失了！她买下它并安装在了后院里。但天黑以前，松鼠又大摇大摆地光顾了"防松鼠喂鸟器"，照样把小鸟吓跑了。

　　这回罗丝太太拆下喂鸟器，回到五金店，颇为气愤地要求退货。五金店的经理回答说："别着急，我会给你退货的，不过你要理解，这个世上可没有什么真正的'防松鼠喂鸟器'。"罗丝太太惊奇地问："你想告诉我，我们可以把人送到太空基地，可以在几秒钟之内把信息传到全球任何一个地方，但我们最尖端的科学家和工程师不能设计和制造出一种真正有效的喂鸟器，可以把那种脑子只有豌豆大的啮齿类小动物阻挡在外？你是想告诉我这个吗？"

　　"是啊，"经理说，"太太，要解释清楚，我得问你两个问题。首先，你平

均每天花多长时间让松鼠远离你的喂鸟器？"罗丝太太想了一下，回答说："我不清楚，大概每天10到15分钟吧。"

"和我猜的差不多。"那位经理说，"现在，请回答我第二个问题，'你猜那些松鼠每天花多长时间来试图闯入你的喂鸟器呢？'"

罗丝太太马上会意："在松鼠醒着的每时每刻。"

原来松鼠不睡觉的时候，98%的时间都用于寻找食物。在专一的用心面前，智慧的大脑、优势的体格节节败退！

要做到更好，并不一定需要款式更新、功能更强大的电脑。它所需要的，是为了目标心无旁骛、投入所有的时间、发挥所有的才干。如果你比对手更专注，你就能将他们抛在身后。

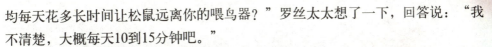

不管你的对手是谁，不管他的实力究竟有多强，你只需要比他多一分专注，笑到最后的那个人就一定会是你。专注的力量是强大的，当你这样去做了，你会发现原来有些事情可以这么简单。

优秀女孩宣言

我要专心做好手中事，不让年华付水流！

做精一碗汤

我家门前有两家卖老豆腐的小店，一家叫"潘记"，另一家叫"张记"。

两家店的主人是两个精明能干的姑娘，她们的店是同时开张的。刚开始，潘记的生意十分兴隆，吃老豆腐的人得排队等候，来得晚就吃不上了。潘记的特点是：豆腐做得很结实、口感好、给的量特别大。相比之下，张记老豆腐就不一样了，首先是豆腐做得软，软得像汤汁，不成形状，其次是给的豆腐少，加的汤多，一碗老豆腐半碗多汤。因此，有一段时间，张记的门前冷冷清清。

有一天早上，因为我起床晚了，只好来到张记的老豆腐店。吃完了老豆腐，老板走过来，笑着问我豆腐怎么样。我实话实说："味道还行，就是豆腐有点儿软。"老板笑了笑，竟然有几分满意的样子。我说："你怎么不学潘记呢？"老板看着我说："学她什么？""把豆腐做得结实一点儿呀。"老板反问我："我为什么要学她呢？"老板深思了一下，自我解释说："我知道了，你是说，来我这边吃豆腐的人少，是吗？"我点点头，老板建议我两个月以后再来，看看是不是会有变化。

大概一个多月以后，张记的门前居然也排起了长队。我很好奇，也排队买了一碗，看着碗里的豆腐，仍然是稀稀的汤汁，和以前没什么两样，吃起来也是以前的口感。

范徐丽泰

范徐丽泰，香港特别行政区立法会主席，一位出色的女政治家。然而她为人妻母的一面就很少有人知道了。范徐丽泰一直为自己厨艺不精而负疚，为没有时间多陪孩子而难过。她没有声张过她的爱，在她的孩子确诊为肾衰竭以后，她毅然摘除了自己的肾脏移植给了女儿。女儿得救了，范徐丽泰的脸上却明显憔悴了许多，人们深深地被她打动。还有什么容貌上的美，比得上母爱的光芒呢？

老板脸上仍然挂着憨厚的笑。我也笑着问："能告诉我这其中的秘诀吗？"老板说："其实，我和潘记的老板是同拜在一个师傅门下的。"我有些惊讶："那你们做的豆腐怎么

32

不一样呀？"老板说："是不一样。我师姐——潘记做的豆腐确实好，我真比不上，但我的豆腐汤是加入好几种骨头，配上调料，经过12个小时熬制成的，师姐在这方面就不如我了。"

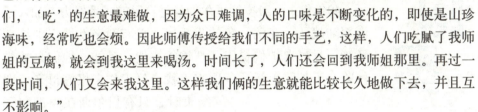

见我还有些不解，老板继续解释："这是我师傅特意传授给我们的。师傅说，生意要想长远，就要有自己的特长。师傅还告诉我们，'吃'的生意最难做，因为众口难调，人的口味是不断变化的，即使是山珍海味，经常吃也会烦。因此师傅传授给我们不同的手艺，这样，人们吃腻了我师姐的豆腐，就会到我这里来喝汤。时间长了，人们还会回到我师姐那里。再过一段时间，人们又会来我这里。这样我们俩的生意就能比较长久地做下去，并且互不影响。"

我试探地问："你难道就不想跟你师姐学做豆腐吗？"老板却说："师傅告诉我们，能做精一件事就不容易了。有时候，你想样样精，结果样样差。"

成长课堂

"能做精一件事就不容易了。"一句话精确地道出了专注于做好一件事的重要性。当我们在种种诱惑面前徘徊的时候，想想这句话，或许你的人生就有了前进的方向，专注于它，就算再平凡的事情也能做得精彩。

优秀女孩宣言

我要专注于一件我感兴趣的事情，让它成为我的优势。

闪烁的女将星

里尔斯出生在纽约州昔腊丘兹镇一个普通的工人家庭里。她的父亲长期失业在家，且嗜酒、赌博，家境十分贫寒，在一家工厂当纺织工的母亲则有一副宽厚仁慈的心肠，用坚强的毅力支撑着这个家。母爱感染着里尔斯，她每天都去拾破烂，挣来的钱总是如数地交给母亲。初中没念完，里尔斯便被迫辍学了。经别人介绍，她到一位海军少将家当了保姆。从此，里尔斯一个人干两个人的活，洗衣、买菜、做饭样样都行。30年后，她回忆起这段往事时说："那时虽苦点儿、累点儿，但应该感谢将军，他给了我理想。"

40年代末，21岁的里尔斯经过自己的一番努力，加入了海军陆战队。在清一色的男兵里，仅有两名女性。训练、环境、目标向她们提出了严峻的挑战。最初，她们只是想体验一下部队生活，争取将来找个好工作来报答母亲。训练结束时，只有里尔斯在眼泪和汗水中坚持了下来，她被分配到陆战队一资料室去打字。

仅有初一文化、又当了多年保姆的她确实干不好这个工作。可生性倔强的她又怎能知难而退呢？干！说干就干！几乎一睁开眼，她就会拿起书本，认真地阅读、背诵，连吃饭的时候她都会手捧一本书努力地学习，不肯放过任何机会。有时候走在路上，大家都没有注意她已经掉队，她就会站在路边，阅读报刊栏上的文字，锻炼自己的识字速度和能力。凭借着这种认真劲儿，她夜以继日地背诵生字生词，练就了一手娴熟的打字技术。她从一个识字不多的小保姆，变成了最优秀的打字员。

里尔斯聪慧好学、吃苦耐劳的精神深得上司的赏识，她打字的时候是那么专注，不管发生任何事情都无法影响她的速度和认真。在她完成的工作中，很难找到一处错误。这给长官留下了很深刻的印象。不久，连她自己也没想到会被送到锡拉丘兹秘书学校学习，这不寻常的转折为她以后的仕途架起了桥梁。

此后，不论赴欧洲学习，还是在海军陆战队基地任职，她都从不虚度闲暇，总是利用节假日博览群书，汲取各方面的营养，弥补自己的欠缺。在她快过40岁生日时，她终于脱颖而出——任罗得岛州新港海军学院副院长。两年后，她由上校军衔晋升为准将，成为美国海军陆战队某基地首任女司令。

成长课堂

当我们以自己能力不足为理由逃避时，里尔斯的故事可以给我们最大的教训。我们的能力不足只是因为我们没有认真去做一件事。当一个保姆可以通过自己的努力成为一名女司令的时候，还有什么事情是无法达成的呢？而她成功的利器只有两个字，那就是：认真。

优秀女孩宣言

认真去做好，认真去学习、提高自己，我会有出乎意料的收获。

不怕困难，做到最好

多年前，一个年轻的日本姑娘来到东京，准备在帝国酒店当服务员。姑娘很激动，因为这是她的第一份工作。于是，姑娘穿上自己最喜欢的一套衣裙来上班了，满心的欢喜与兴奋。但是让她万万没有想到的是，主管居然安排她去清洗厕所。

怎么会是洗厕所呢？姑娘的心一下子凉了半截。哪个年轻姑娘想做这种又脏又累、又没尊严的工作呢？

她虽然很不情愿，但还是接受了。每次当她用自己白皙细嫩的手拿着抹布伸向马桶时，胃里立刻翻江倒海起来，恶心得要呕吐却又吐不出来，太难受了。而上司对她的工作质量要求特别高，高得简直骇人：必须把马桶刷洗得光洁如新！

面对如此苛刻的要求，姑娘常常委屈得哭鼻子。没多久，她开始打退堂鼓了，姑娘面临着一个重要的抉择：是继续干下去，还是另谋职业？继续干下去，太难了！那就另谋职业，知难而退？可她思索再三，实在不甘心就这样败下阵来，被别人耻笑。

就在这个关键时刻，酒店里的一位前辈及时出现在了她的面前。前辈领着她来到了洗手间，只是让她在一旁看着，什么也不要说。接着，他就蹲下来，开始一遍又一遍地清洗马桶，直到把马桶清洗得光洁明亮。然后，他从马桶里盛了一杯水，然后一饮而尽！从他脸上，姑娘看不到丝毫的勉强，就好像那是一杯可乐。

姑娘惊呆了。但聪明的她马上就明白了前辈的意思。前辈是要告诉她一个道理：光洁如新，要点在于"新"，新则不脏。反过来讲，只有马桶中的水达到可以喝的洁净程度，才算是达到了"光洁如新"的要求，而这一点已被前辈的行动证明是完全可以办到的。

姑娘热泪盈眶，她痛下决心："就算一辈子都洗厕所，也要做一名洗厕所最出色的人！"

从此，她每天都精神饱满地清洗着一只只马桶，对每一个人都面带微笑，而她的工作质量也达到了那位前辈的高水平。这期间，她也多次喝过马桶里的水，一是为了检验自己的自信心，二是为了证实自己的工作质量。她就这样迈出了人生的第一步。从此，她开始了不断走向成功的人生历程。几十年后，她成了日本政府的邮政大臣。她的名字叫野田圣子。

野田圣子坚定不移的人生信念，表现为她强烈的决心："就算一辈子都洗厕所，也要做一名洗厕所最出色的人！"这一点就是她之所以能取得成功的奥秘所在；这一点激励着她几十年来一直奋进在成功的路上；这一点使她拥有了成功的人生，成为幸运的成功者。

成长课堂

成功女神所青睐的人，身上必然有他的闪光之处。野田圣子的成功正是来源于她对自己的严格要求和认真的做事态度，在身处如此境况之下依然可以发掘出自己身上的潜力。在这种一丝不苟的认真精神指引之下，谁也无法阻止她获得成功。

优秀女孩宣言

我做任何事情都要学会用认真的态度去对待，事情才会因此而完满。

有专注才有
成功

中秋节前夕的上海，没有秋意，依旧是酷热的天气。在"上海大舞台"梳妆室里，蔡琴神情严肃地坐在化妆镜前，拿着笔刷，专心地看着镜中的自己，一笔一笔地仔细上妆，为晚间七点半开演的舞台剧《跑路救天使》准备着。

室内的气氛异常宁静，没人敢发出声响，就怕一个不小心，打扰了专心致志的蔡琴。大家都知道，坏了她演出前的准备是最严重的事。

其实，《跑路救天使》的戏码已在台湾演出过31次了，但追求完美的蔡琴，却怎么也不肯马虎。她修改了其中的剧情，推出新版的《跑路救天使》。为了这场在大陆的首演，9月12日全团就出发到上海浦西排练。为了一场演出，排练了将近一个礼拜，这就是蔡琴"要做，就要做到最好"的意志。

只要是和演出工作无关的事情，蔡琴可以展现出她的高度幽默感，然而，一旦涉及她视如珍宝、如羽毛般呵护的演出工作，谁都别想打折扣。一场台前光鲜亮丽、宾主尽欢的演唱会，背后的准备工作却是一连串的苛求，蔡琴对于表演，是出了名的挑剔。

"导演，导演，我的mic(麦克风)balance有问题。刚才乐队的声音太小了，我的vocal(声音)一直嗡嗡的。""老师，我跟你们说，这首《勇敢醒来》，我唱到'只有仓皇，没有答案'时，你们要等我，再接'冷冷清清'。"蔡琴话说得有些急，让现场的空气顿时紧张起来。这就是蔡琴，总是要在每个细节上做最严格的要求，专注的神情好像是即将上战场的将军，为的就是好好地拼上一场。上海的演出，蔡琴如此要求。2001年，她在香港红勘体育馆"一起走过"演唱会中，对演出的投入和每个细节的精准，让本身也是完美主义者的果陀剧团导演梁志民都不禁佩服。"那真是一场令人记忆深刻的演出。"梁志民至今都这样认为。

原来没有"四面舞台"演出经验的蔡琴，到了香港红勘体育馆，看了现场之后，她立刻打电话回台湾向梁志民求救，因为，香港的演出并没有所谓的演唱会导演，只有负责硬件部分的人。

第二天，梁志民赶了过去，他没有打扰蔡琴的练唱彩排，而是静静地一边听蔡琴演唱曲目，一边替她安排好了每一首歌演唱时的画面、动线、角度、态度等所有的细节。他写了满满四五页A4纸的笔记，塞进她饭店房间的门缝里。排演到凌晨两点的蔡琴，回到房间后，立刻自己努力地画了30张的标示图，将梁志民给她的建议，用荧光笔作好提示，并清楚地将表情、情绪、身体的角度，都一一写好笔记，为演出作准备。

隔天，梁志民看到蔡琴的表现时，整个人都傻了，"我没想到，她竟然可以百分之百地做到我的建议，一般歌手能记住百分之三十就很不错了。""很多艺人都是爱自己甚于爱观众，但我不是。"蔡琴认为，她是属于爱观众甚于爱自己的艺人，而且是非常爱。她一切的所作所为都是为了观众，所以，每次演出，她都使尽全力，为的就是怕观众不开心，对不起观众。蔡琴对细节的掌握无人能及。演出前，她用自己适合的色调，亲自化妆；演出时的服装，她也是亲自画设计图，找布料，请信任的裁缝师，车工、线条，一个也不放过。追求完美已经成了蔡琴的习惯。

成长课堂

古往今来，那些真正能干事、能干成事者，莫不具有做事专注认真的优秀品质。蔡琴就是这样，在"爱观众甚于爱自己"的强大信念下，专注成为一种不自觉的对观众的责任。只要做到这一点，相信你做任何事情也不再是什么难事了。

我做事要专心致志，这样我才能做得更好！

读了这么多精彩的故事，和故事中的主人公比起来，你觉得自己能成为一个专注认真的人吗？不妨来训练营锻炼一下自己吧！

抓住你的 注意力

　　王梅是一个听话的女孩，老师让她做的事情她都能很好地完成。但是她有一个不好的习惯，那就是太喜欢开小差了。上课的时候，刚听了大概十多分钟的课，忽然外面有一只小鸟落在树枝上，开始叽叽喳喳地叫个没完。同学们都没有注意到，只有耳尖的王梅发现了，她可以在脑海中瞬间浮现出一幅画面——在绿绿的草地上，自己奔跑着，一只小鸟飞过来，落在她的肩膀上和她对话。

　　"王梅同学，请你让注意力回到课堂上来。"

　　王梅一惊，从自己构造的幻境中醒过来，看到老师正看着自己。刚才就是老师发现她走神，所以提醒她。王梅不由得了"腾"地一下脸红了。

　　下课后，老师把王梅留了下来，想和她交流一下上课总是走神的事情，王梅羞红着脸不知道怎么回答老师。

　　小朋友，你也有过像王梅这样的情况吧？请你帮王梅同学出出主意，帮她改掉这个毛病吧！

答案在166页

《学外语的诀窍》答案：

　　同学们听到胡灵的话，都开始叽叽喳喳地议论，到底是哪两个字让胡灵的成绩提高这么快。胡灵笑着说："其实很简单，这两个字就是——勤奋。"

　　"以前我总以为学好外语靠天分，但是现在，我发现勤奋比天分更重要。以前我学英语也就是在课堂上听听，回家完成了作业就不再碰英语书了。后来，我发现学习英语很简单，大胆张口说，有时间就练习听。周末的时候，去大学的英语角检验自己的学习成果，能提高不少呢！同学们，其实我的经验可能大家都知道，只是真正去做的人没有几个，而这样坚持下来的同学就更少了。我想告诉大家的是，提高学习成绩真的是没有捷径的，只有这样才能踏踏实实地进步。"

　　胡灵说完，同学们都用掌声表示了对她的感谢。

第三章
勤俭节约的女孩才最美丽

◀ 以前的我

洗手时，我把水开得很大，溅得到处都是。

不就是没有关紧嘛，又不会浪费多少。

我洗完手走的时候，没有把水龙头关紧。

◀ 现在的我

洗手时，我把水开在合适的大小。

我可不想让我们的眼泪成为最后一滴水。

我关紧水龙头再离开。

以前的我

同学走的时候提醒我关灯。

我最后一个离开教室时没有关灯。

现在的我

我走的时候想起小美说的话。

直到关闭了最后一盏灯，我才离开。

42

以前的我

吃饭的时候，妈妈提醒我。

桌上地上都是饭粒，我却满不在乎。

现在的我

我想起农民伯伯在烈日下辛苦劳作，每粒米都来之不易。

我好好吃饭，再不将米粒撒在桌上地上。

让女孩拥有良好习惯的 62 个故事

以前的我

我也想穿新衣服。

我不喜欢这些衣服了。

我羡慕地看着同学穿着着新衣服。

我厌烦地看着衣柜里自己的旧衣服。

现在的我

还有这么多能穿的衣服，不穿多可惜啊！

其实旧衣服穿着更舒服。

我从衣柜里找出一件衣服来穿。

我高兴地穿着旧衣服去上学。

我的成长计划书

勤俭节约的女孩才最美丽

我和我的同学经常大手大脚，还总嫌爸妈给的零花钱不够，现在想想，可不应该这样了，还有许多孩子因为没钱而上不起学呢！所以，以后我一定要做到：

1. 吃饭吃多少盛多少，绝不浪费粮食。

2. 光线好的时候不开灯，离开房间的时候记得关灯。

3. 不挑食，妈妈做什么菜我就吃什么菜。

4. 改掉吃零食的习惯，这样我就可以存一笔小钱了。

5. 空闲的时候把家里的废品收集起来，拿去卖钱。

6. 出去旅游的时候不再看见什么就买什么了。

绝不浪费每一美元

美籍伊朗裔女子安萨里是一个身价上亿的女富豪，她说："我从很小起就知道，用自己的双手挣取一美元是多么艰辛，而且也体会到，当你这样做了，这是值得的。有一件事我和爸爸妈妈的看法一致，即对钱的态度——绝不乱花一分钱！"

安萨里的节俭确实是出了名的。有亿万家财的她却驾着一辆老旧的货车，戴着印有沃尔玛标志的棒球帽；她去小镇街角的理发店理发，在折扣百货店购买便宜的日常用品；公务外出时，她总是尽可能与他人共住一个房间，而旅馆多为中档的；外出就餐，她也只去家庭式的小餐馆……

人们无法理解她为何如此节省，他们对安萨里作为一个亿万富豪却开着一辆破旧的小货车或在沃尔玛商店买衣服或不肯乘头等舱旅行大惑不解。

这只能从安萨里的成长经历中去寻找原因。

安萨里·史密斯出生在伊朗中西部小镇中的一个普通农民家庭，成长于大萧条时期，这一切造就了她这种努力工作和节俭的生活方式。

"我们就是这样长大的。当有一枚一便士硬币丢在街上时，有多少人会走过去把它捡起来？我打赌我会，而我知道安萨里也会。"安萨里公司的一位经理这样说道。

因为安萨里从小就体会到了每一分钱的价值，所以她亦深知每一分钱都是辛苦赚来的，因此，安萨里始终保持着相当简朴的生活，与一般中等收入家庭的水准没有太大差别。她坦言，她并不指望自己的子孙将来为上学去打工，但如果他们有追求奢侈生活而不努力工作的想法，即使百年之后，她也会从地底下爬出来找他们算账，所以，"他们最好现在就打消追求奢侈生活的念头"。

在很早的时候，安萨里的节俭就非常出名了。有一次，一名员工被安萨里派去租车，很快安萨里又叫他退租，原因很简单，因为她不愿租用任何一种比小型汽车更大的汽车。这位员工进一步解释了安萨里这一行为：不愿意让人看见她用的东西比她属下的人用的更好，安萨里也不会住在比她属下的人所住的更好的旅馆里，不到昂贵的饭店进餐，也不会去开昂贵的名牌汽车。

安萨里搭乘飞机时，也只买二等舱。有一次安萨里要去南美，下属只买到了头等舱票，结果她很不高兴，但是也不得不去，因为这是最后一张票了。她的助手说："这是我知道的她唯一一次坐头等舱的经历。"

安萨里在自传中写道：

"当我在世界上崭露头角，准备做出自己的一番事业时，我早已对一美元的价值怀有一种强烈的、根深蒂固的珍重态度。"这就是安萨里绝不浪费每一美元的内涵。

成长课堂

一个如此节俭的富豪真是让人肃然起敬，这种朴素的生活方式所反映的是她内心的充实，因为她不需要这些外在的东西让她的生活变得奢侈无度，而只是需要做好自己的事情，保证正常的生活就可以。

优秀女孩宣言

过简单的节约生活，其实也是一件充满乐趣的事情。

一鸟在手胜过两鸟在林

艾丽斯·坎特是美国著名的女富豪，她和丈夫伯尼·坎特共同创办的基金会是美国最活跃的慈善组织之一。作为美国最富有的女性之一，自1996年丈夫去世以后，艾丽斯·坎特就成了一名乐善好施的职业慈善家。她不遗余力地继承了丈夫的遗志，一直为慈善奔忙，由于经常奔波，她甚至把酒店当家，而令自己在纽约和洛杉矶的两处豪宅几乎闲置。但是她最令人称道的还是她的节约。

有一次，艾丽斯·坎特开车往飞机场去，车上还有另一位美国富豪福斯先生。他们边开车边谈生意。福斯在滔滔不绝地谈着一笔2300万美元的大生意，他说要设法做成它。艾丽斯·坎特听了福斯的话，似有所悟，立即把车靠边停下，赶着往路旁的一间药店走去。

福斯不知怎么回事，只好在车上坐着等候。一会儿，艾丽斯·坎特回来了，福斯困惑不解地问艾丽斯干什么去了。

"打电话，"她说，"我把我在环球航空公司的那张票退掉了。因为我要陪您乘另一航班。"艾丽斯答完后又说起福斯所说的那笔2300万美元的生意。

福斯笑着说："我们正在谈着2300万美元的大生意，而您却为了节省150美元的机票把我放下去打电话，这么急停下来差点儿把我们撞死。"

艾丽斯却认真地回答："这2300万美元的大生意能否成功还是个问题呢，但节省150美元却是实实在在的现款。"

福斯听到艾丽斯的解释，大跌眼镜，但

是仔细地想了一下，他忍不住对这位女士伸出了大拇指。她已经拥有了这么巨大的财富，但是却还保持着这样谨小慎微的习惯，真的不是一般人可以做到的。对于普通人来说，一张机票也不会受到如此大的重视，而艾丽斯女士却要求自己对每一分钱都做到勤俭节约，这也许就是她获得今天的成功的奥秘所在吧。

"一鸟在手胜过两鸟在林"，这正是

"中国铁娘子"吴仪

吴仪，外电称为"中国铁娘子"。谈判桌上，她给外界留下了坚韧、果敢、而又不失机敏、开放的形象。她行事刚柔相济、明快干练，是共和国历史上第三位女性副总理。吴仪性格开朗、兴趣广泛，学网球、学高尔夫球、学打保龄球，她都被教练赞为"很有悟性"。在北京市的几次钓鱼大赛上，她都拿了冠军，惹得那些男同事们都说：这鱼看见吴仪漂亮，专往她那里游……

艾丽斯的经营思想，这是她稳当实在的制胜之道。她认为，既然2300万美元也是由许多个150美元组成的，那么，就没有理由因2300万美元可能到手而放弃、浪费150美元。她认为那种崇尚"小钱不出大钱不入"的说法不全对。其实，注重效益，不该花的钱一分不花，正是在竞争中积小胜为大胜的道理，也是稳扎稳打，降低经营成本即增加收入的道理。

身价巨万的富豪，面对着如此大单生意的时候，居然还会为了一张飞机票而专门去致电取消，她不是因为吝啬，而是因为相对于尚未得到的生意，这即将付出去的现金更值得珍惜。这样节约和谨慎的人，有什么事情是她做不好的呢！

把节约作为一种生活习惯，让浪费远离我的生活。

49

不浪费就不缺乏

斯皮尔斯小姐问孩子们："如果你们没有什么事可以做的话，请帮我把这个包裹打开好吗？"

两个包裹看起来完全一样，都用鞭绳绑着。玛格丽特把包裹拿到桌子上，看了看鞭绳的结，准备解开它。蜜雪儿看着这两个包裹，一边打量它们一边说："人们干吗要把结打得这么紧，根本就无法打开，我想知道我这里面有什么。把绳子割断好了。"

玛格丽特阻拦了她，说："噢，不要，不要割断它，蜜雪儿！割断它太可惜了。"蜜雪儿不屑一顾地看了看玛格丽特，对于她的话觉得有些莫名其妙，她说："只要三便士就能买两倍这么长的绳子。谁还会在乎三便士？我反正不会。"于是她拿出刀子把绳子割成了几段。

斯皮尔斯小姐看到这一切，问："孩子们，你们已经把包裹打开了吗？"

蜜雪儿说："是的，斯皮尔斯小姐，包裹在这儿。"

玛格丽特说："这是我的包裹，还有这根鞭绳在上面。"

斯皮尔斯小姐看了看，笑了，她说："你留着吧，玛格丽特。"

玛格丽特感谢地对斯皮尔斯小姐说："谢谢，这根鞭绳多漂亮啊！"

斯皮尔斯小姐说："蜜雪儿，如果那根绳子对你有用处的话，你也可以保留它。"

蜜雪儿还是那么不屑一顾："谢谢，但我想它对我没有什么用处。"

斯皮尔斯小姐又一次笑了："噢，我可不这么认为。"

几个星期以后，斯皮尔斯小姐给了每个孩子一个陀螺。

蜜雪儿看着那个孤独的陀螺，说："玛格丽特，这是怎么一回事？陀螺没有鞭绳，这该怎么办？"

玛格丽特这一次很自信，说："我有一条鞭绳。"说着她从口袋里掏出了一根绳子。蜜雪儿大吃一惊："天哪！这不是绑包裹的绳子吗？要是当初我也把它留下来该多好啊！"

几天后，举行了一场女子射击比赛，最佳射手将获得一副非常好的弓箭。

蜜雪儿拉开了弓，射出一支箭，落在了距靶心四分之一英寸的地方，"你射偏了，"裁判说，"你还有两次机会。"

蜜雪儿拿起了第二支箭，她的弦突然断了。

玛格丽特说："蜜雪儿，你用我的吧。"

裁判说："不可以互相借用。"

于是轮到玛格丽特射了，第一箭她射偏了，第二箭她有所改进，当要射第三箭时，弦突然也断了，蜜雪儿拍着手，高兴得跳起舞来。但很快她又停住了，因为玛格丽特从自己的口袋里拿出了一条鞭绳，把它绑在了弓上。

"还是那根绳子！"蜜雪儿大声说道。

"是的，我今天放在了口袋里，因为我想我可能会需要它。"玛格丽特说。

玛格丽特靠最后一箭获胜，得到了奖品。

成长课堂

即使是一根小小的绳子也会有它的作用，而且还可以给我们带来意想不到的帮助。这就是节约的好处，它看似只是一个小动作，但是养成这样的好习惯，生活就会变得更加方便，也更可以做到物尽其用了。

优秀女孩宣言

良好的生活习惯可以让生活变得更加方便。

珍妮弗的致富秘籍

珍妮弗一家是移居美国的犹太人。珍妮弗一世的父亲叫威廉·马丁，他在美国是一位小商贩，贩卖一些小药品，后来也沿街叫卖。珍妮弗是威廉的小女儿，在父亲的影响下，她从小就养成了勤劳的习惯，而且还学到了一些经商的手法，这对她日后的发迹不无影响。

珍妮弗一世出生于1839年，她虽然进入学校读书的机会不多，但她善于把握时间学习，阅读了大量的书籍，所以脑子变得十分机敏。到了十多岁时，她已考虑自己怎么创业致富了。为了寻找致富之路，她辛辛苦苦地打工挣钱，很不容易地攒到5美元，她决定将这5美元用于购买书籍，以图从书本中找到致富方法。

一天，她在一份晚报上看到了出售《发财秘诀》的巨幅广告，因此她连夜赶到书店去购买这本求之不得的书。拿回家，她急忙拆开包装严密的《发财秘诀》，哪知书内竟空无一物，全书仅印有"勤俭"两个大字。珍妮弗大失所望，十分生气，一下把书扔到地上，并想马上到书店去找老板算账，控告他及作者骗人。但当时时间已经晚了，她估计书店已关门了，所以，准备第二天再去。

那天晚上珍妮弗一世辗转不能入睡，起初是对书的作者和书店老板生气，怒斥他们为什么要以此简单二字印书骗人，使她辛苦得来的5美元血汗钱浪费在这"骗术"上！后来，夜深了，她的火气也慢慢降了下来。她想，为什么作者仅用两个字出版一本书呢？为什么又选用"勤俭"这两个字呢？想呀想，她越想越觉得"勤俭"二字有味道，越想越觉得该书作者有自己的用意，越想越觉得"勤俭"是人生立世和致富的根本通路，她终于大彻大悟了。

想到这里，天已亮了，她赶紧把书本从地上捡起来，深深地吻了它一下，然后端正地摆在她卧室的书桌上，作为她奋斗创业的座右铭。从此，她努力地去打工，埋头苦干，把每天挣来的钱，除了交部分给家里外，其余部分绝不乱花，全部积蓄起来，准备用作以后创大业之用。

珍妮弗如此坚持了5年，辛辛苦苦地积攒了

凯蒂猫(Hello Kitty)

Kitty White(凯蒂猫),1974年11月1日出生于英国伦敦的郊外，身高为5个苹果高，体重为3个苹果重。她是个开朗、心地善良的小女孩，喜欢到公园或者森林里游玩，还喜欢又小又可爱的东西，如糖果、星星、金鱼等。她擅长英语、音乐、美术和做饼干，最喜欢吃的是妈妈烤的苹果派、装饰着饼干颗粒的蜂蜜香草冰淇淋和镇上的面包店叔叔做的法国面包。

800美元，她拟用这笔钱开创她的事业。确实，坚实的财富是需要努力和节俭才能追求到的，同时也需要时间和毅力。依照世界的一般利率来粗略估算，如果每天储蓄1元，88年后可以得到100万元。正因为这种有耐性、有毅力的精神，这个人很快就会利用积蓄的钱财发挥作用，由此便得到了许多意想不到的赚钱机会。如珍妮弗若不以5年时间的勤奋工作节俭储蓄，其后她就不能获得800美元作为创业的资本，因而也不可能获得属于她的成功。

 成长课堂

让勤俭成为成功的基础和动力，任何人想要建立功勋或者取得成功，如果不从一点一滴做起，勤俭地积攒自己的财富，又怎么能获得财富的青睐呢？只要你相信世上没有天上掉馅饼的好事，那你就会相信勤俭是成功的最重要条件。

 优秀女孩宣言

把勤俭作为自己的行动准则，我相信积累的力量。

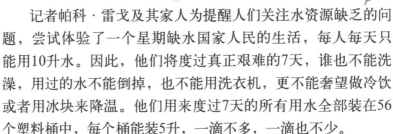

一次特别的缺水体验

记者帕科·雷戈及其家人为提醒人们关注水资源缺乏的问题，尝试体验了一个星期缺水国家人民的生活，每人每天只能用10升水。因此，他们将度过真正艰难的7天，谁也不能洗澡，用过的水不能倒掉，也不能用洗衣机，更不能奢望做冷饮或者用冰块来降温。他们用来度过7天的所有用水全部装在56个塑料桶中，每个桶能装5升，一滴不多，一滴也不少。

艰难的生活开始了。家中最小的黛西年仅10岁，还不能明白过这样的生活意味着什么。下午放学回家，她已经浑身是汗，像水洗过一样，再加上这些天气温突变，她患上了感冒。为了不让她的病情加重，帕科的妻子波塔尔加热了5升水放在浴缸中，让她洗澡。于是，黛西的第一天用水量就仅剩下2升了。

翌日早晨7点半，他们像往常一样按时起床，孩子们在屋里走来走去，嘴里小声抱怨着。有那么一刻，帕科甚至后悔进行这样的尝试，还把家人都拖了进来。黛西站在厨房门口，嘟囔着"我再也不想像昨天那样洗澡了"。

波塔尔明白她的意思，是得找到一个简单而便捷的方法，更加合理地利用这些有限的水了。昨天，他们用光了一天的定额，但还有一大堆衣服没洗。她突然想到了一个好办法，那就是洗过菜的水可以浇花。我们一共有大大小小23盆花，一周需要浇两次水。用这样的方法，他们能节省7升半的水。为了省水，他们还决定不做油炸食品，免得还要清洗油腻的锅碗。

这简直就是一种苦差事。黛西在一张纸上写道，"小时工来打扫房间了。妈妈对她说，清洁地面时只能用一桶水，而且也不能用太多的洗涤剂。爸爸也有些累了，他总是自言自语，说但愿天气不要太热，否则就有我们好受的了。我很同情非洲的小朋友，他们太可怜了，因为没有水喝，好多人都得病死去了。"帕科跟黛西说，一个西班牙人一天的用水量相当于一个印度人一周的用水量。她听了没有说话。

有一天，他们全家的用水量为45升，超出了5升，于是他们不得不考虑第二天怎么办。堆积如山的脏衣服再也不能等了，特别是内衣。这就意味着第二天他们只能用35升水，其中7升用来洗衣服，28升用来做饭和饮用，还得留一些用来清洁房间。至于个人卫生，暂时就用湿纸巾吧。我们总算熬过了最艰难的一天。

眼看这次艰难的尝试快要结束了。当再次谈论起水的珍贵时，波塔尔想起了联合国环境规划署官员克劳斯·特普费尔曾经说过的一句话，"水将是引起国家间战争的最直接因素。"黛西问道："我会去打仗吗？""你不会，但其他国家的儿童也许会。"波塔尔回答。黛西又陷入了沉思，她写下了自己的感受："我不知道将来我的哥哥和我会是什么样子，也不知道那些口渴的人会不会因此去偷水，我希望我们不要变成那样。爸爸妈妈说将来人们都不能忍受严重缺水，会有许多战争。但是，如果我们每个人从现在就开始节约用水，那将来世界上就会有好多水了。明天我就去告诉我的朋友们。"

黛西相信，她们一家会把这次体验深深地记在脑海里。将来如果再看到开着的水龙头，他们会毫不犹豫地把它拧紧。因为，他们共同有过一次难忘的缺水经历。

成长课堂

只有失去了才知道珍贵。水作为我们生活中必不可缺的资源，是这个世界上有限的自然资源之一。虽然地球的水很多，但是可以饮用的却很少，所以，我们要珍惜身边的每一种资源，不要在失去的时候才后悔。

优秀女孩宣言

珍惜水资源，是每一个人都应该履行的义务。

"奚拉灯"的故事

在天津科技大学，有一个关于一位绰号叫作"奚拉灯"的退休教师的故事。因为习惯随手关灯，奚老师在校园里被师生们形象地称呼为"奚拉灯"。

"我有一个习惯，那就是看到浪费现象随时制止，看到有人浪费就随时教育，几十年来从没改变过。"

一粥一饭，当思来之不易；半丝半缕，恒念物力维艰。从1986年来到科大直到现在，奚老师23年如一日地对校园各个角落进行"巡逻"。

早上，当她骑车去学校，看到"太阳已当空照，路灯仍伴你行"时，她会特意提醒相关部门去拉灯；晚上，当她发现教室"灯亮人空"或"灯多人少"时，会立即拉灯并随时随地提醒浪费的同学要学会节约；当她看到体育馆里已十分明亮却还"灯火通明"时，也会主动把不必要的灯拉掉……

类似拉灯的事情比比皆是，只要奚老师看到有资源浪费的现象，她就会去干涉一番。23年来，奚老师走到哪儿就将节俭带到哪儿。榜样的力量是伟大的，在她的熏陶下，不少同学也养成了随手关灯的好习惯。

奚老师和我们算了一笔账：河西校区10号楼、16号楼、七阶和八阶共有40瓦的灯管528个，总瓦数为21120瓦，每个小时浪费电费是10.56元，一个月浪费的电费就是7603元，那么一年就要浪费电费91238.4元。这还只是浪费现象的一小部分，再往外延伸到其他教学楼，到用水问题、粮食问题，再到同学们每天生活中的其他种种浪费，损失无法想象……

从奚老师那里，我们得知，

天津如果采用中水系统，日均可处理生活污水500吨以上。

　　"采用学校完全自主知识产权的中水系统，日均可处理生活污水500吨以上，处理污水成本费仅0.6元/吨。系统投入使用后，对于降低滨海新区万元GDP耗水量，将起到不可低估的效用。"日前，在天津科技大学泰达校区召开的"中水系统研究方案"论证会上，与会专家就"地下厌氧－好氧处理结合"中水系统设计展开了激烈讨论。

　　奚老师的节俭观念让我们想起了日本的丰田公司，在水箱中放砖头，按中国人的说法算是十足的"小家子气"。然而，日本丰田公司正是靠这"小家子气"发"家"致富，走向成功的。这种巨富不忘节俭的精神，是多么难能可贵啊！

成长课堂

　　勤俭节约的美德如甘霖，能让贫穷的土地开出富裕之花；勤俭节约的美德似雨露，能让富有的土地结下智慧之果。我们要牢固树立"浪费也是腐败"的节约意识，克服"花公家钱不心疼"的不良心态，形成"铺张浪费可耻，勤俭节约光荣"的良好氛围，使勤俭节约成为一种时尚、一种习惯、一种精神。

优秀女孩宣言

　　节约，让它成为人人行动的标志；节约，让它成为人人心底的印记。

瑞士的 节俭之风

　　我的朋友双喜在瑞士留学，他有一个家住苏黎世的同学，名叫德梅隆，两人很谈得来。德梅隆对双喜这个身处异国他乡的"中国老外"很是关照。

　　有一次，德梅隆的父母请双喜到他们家做客。瑞士人招待客人的饭菜与中国人招待客人的饭菜相比，绝对是小巫见大巫，往往只有冷盘、汤、主菜、甜食。如果主人上两道热菜，那就是超规格的招待了。瑞士人家里上冷盘时，通常会上烤面包，那是用来蘸着吃盘子里边剩下的菜汤的。不要以为主人看到客人用面包去蘸菜汤会觉得招待不周，相反，主人会很高兴，因为主人自己也拿着面包在蘸菜汤呢。瑞士人吃饭讲究节俭，不浪费，即使有客人来时也从不打破这个规矩。

　　双喜还曾经在一家高档的餐厅看到一位衣着考究的男士，一不小心将手里的一块点心掉在地上，这位男士离开座位捡起点心，然后毫不迟疑地将点心塞到了嘴里。当瑞士人做出这种种节俭的举动时，没有作秀的成分，更没有丝毫的羞涩感觉，而是堂堂正正、大大方方。

　　瑞士举国上下的节俭之风是有渊源的。瑞士是一个自然资源匮乏的内陆农业小国，最近百余年来才发展起来。早先的瑞士人穷得叮当响，许多人迫于生计，被迫去当雇佣军，为了有口饭吃去替列强们冲锋陷阵充当炮灰。但是现在的瑞士，已经连续多年被世界银行列为世界首富，人均国民收入达4万美元。瑞士人今天是富足了，但是这是瑞士几代人甚至十几代人艰苦奋斗的结果，不仅靠聪明才智，更是靠一点一滴节省下来的。可贵的是，瑞士人没

58

有在富裕起来的时候忘记过去和历史，他们没有被兜里的钱冲昏头脑，没有忘乎所以，没有穷奢极欲，挥霍浪费。

瑞士是富国，但瑞士人的消费观念是重实用，不奢华，讲究精打细算。瑞士汽车普及率极高，平均约两人就有一部，但瑞士街道上行驶的汽车都以小排量为主，所以小型车超过50%，其中不少是两门小型车。因为小型车的油耗、保养和保险等费用相对较低，小型车成为节俭的瑞士人的首选。值得一提的是，即使是亿万富翁，也从不夸财显富，没有人为了表现自己有钱而拿派摆阔。所以，你在瑞士街头随处碰见的都是身着普通衣服散步的人；在超级市场里仔细挑选价廉物美商品的人，极有可能就是身家亿万的富翁。

瑞士人常挂在嘴边的一句话是："我们没有资源，有的只是一双手。靠一双手挣来的财富，当然应当好好珍惜。"这句话促使我深思：瑞士是世界上人均收入最高的国家之一，也是世界上最具现代化水平的国家之一，但瑞士人对待金钱的心态是理智健全的，瑞士人富有而节俭的美德，是一种人生的觉悟，是一种精神上的升华，这一点实在值得我们学习。

成长课堂

对于瑞士人来说，节俭是这么自然的一件事，就好像吃饭一样简单，因为节俭已经在他们的血液之中成为一种固有的习惯了。之所以有这样的习惯，正是因为他们的祖先是从这样的一个过程中积累了现在的财富。

优秀女孩宣言

节俭应该成为我的一个习惯。

读了这么多精彩的故事，和故事中的主人公比起来，你觉得自己能成为一个勤俭节约的女孩吗？不妨来训练营锻炼一下自己吧！

旅游省钱妙招

暑假里，齐笑笑想和爸爸妈妈一起去凤凰旅游。但是，因为爸爸妈妈刚刚搞完一个大的投资，手上的钱不是很充裕，所以，爸爸妈妈对笑笑说："我们现在得省着花钱才行，笑笑你帮我们出一些省钱的点子，我们才跟你一起去旅游。"

笑笑很犯愁，她想知道怎样才能让他们的这趟旅游既玩得快乐又省钱。你能告诉她吗？

答案在150页

《脑子一动，计上心来》答案：

用防水胶水把塑料跟杯子的缝隙粘牢。这样密封性很好，但就是不大好看。

李静的方法：把一小片纸沿杯内壁贴到小孔处，由于水的压力作用使纸与杯壁紧密贴合，小孔不再往外流水。

王陵的方法：在烧杯有小孔的那侧底部垫了几枚硬币，由于杯子倾斜，小孔高出了水面，不再漏。

同学们，他们3个人的方法你更倾向于哪一种呢？你是不是还有更好的方法呢？

第四章

谦虚温和，做气质优雅小淑女

▶ **以前的我**

同桌拿着作业本向我请教问题。

真笨，这么简单的题你都不会啊？

我只管做我的作业，看都不看她。

▶ **现在的我**

我耐心地教会同桌问题的解法。

不客气，有问题尽管问我。

同桌对我表示感谢。

◀ 以前的我

老师在课堂上表扬了我。　　　　同学们向我投来羡慕的眼光，我得意洋洋。

◀ 现在的我

我谦虚地和同学们交流。　　　　我向老师保证。

◀ **以前的我**

同桌的笔不小心在我的衣服上画了一条线。

你怎么回事啊，赔我的衣服！

我生气地冲她大吼大叫。

◀ **现在的我**

我看着我的衣服，同桌一脸的歉意。

别担心，没事，能洗掉的。

我微笑着安慰她。

以前的我

可可，今天你值日，该擦黑板了。

同桌好心给我提个醒。

我的事儿用你管吗？

我有些尴尬，就冲她大吼大叫。

现在的我

谢谢你的提醒。

我感谢同桌的提醒。

我戴着"值日"的袖章，认真地擦着黑板。

我的成长计划书

谦虚温和，做气质优雅小淑女

上次我考了全班第一，就得意忘形了，不把同学们放在眼里，对他们也很不耐烦。后来，我不仅成绩一下子跌到了十名之外，同学们也对我不理不睬。看来，骄傲可真是只怪兽，专吃成绩和人缘啊。以后，我可要改了。

1. 不能为了顾及面子就不向老师和同学们虚心请教。

2. 同学问我问题时，我要耐心并且态度温和地给他讲解。

3. 别人夸我，不能得意洋洋，我要对他说："谢谢，我会更加努力。"

4. 每个礼拜都进行一次自我反省，有则改之，无则加勉。

5. 需要和朋友讨论问题时，态度要诚恳，不能简单粗暴。

6. 我把自己的学习方法和同学们共享，大家对我赞许有加。

给孩子道歉

　　宋庆龄非常喜欢清洁。她常常对孩子们说："要注意清洁，要讲究卫生。肮脏和不讲卫生，是不文明的。"她看到有的女孩子头发脏了，就提醒她们赶快洗头；她看到有的孩子指甲长了，就取出指甲刀，亲自帮他们修剪指甲；她分给孩子们东西吃的时候，总是问："你们洗手了吗？"可是，有一次在提醒孩子注意卫生时，她却出了差错。

　　那是初春的一天，中国福利会儿童艺术剧院的小演员们正在排练节目。调皮的"小豆子"突然跑进排练场高兴地喊："宋奶奶来了！"几十双明亮的眼睛都集中注视着门口，期待着他们最爱戴的宋奶奶出现。当宋庆龄出现在门口时，大家几乎异口同声地喊："宋奶奶好！"

　　孩子们和宋奶奶相互问候后，又开始认真地排练起来。宋庆龄边走边看，有时点着头夸赞小演员们表演逼真，有时弯下腰来看孩子们的服装合不合适，有时又将耳朵侧过来，听孩子们跟她讲悄悄话……

　　当她走到小演员陈海根面前时，眉头微皱说："你叫什么名字？"小海根腼腆地回答："我叫陈海根。""瞧，你的小脖子那么脏，还不快去洗洗。"陈海根站在那里没动，很难为情，想说什么，可又没有说出来。宋庆龄以为陈海根不大乐意接受意见，就又和蔼地说："只有讲卫生，才能身体健康，不生疾病。有了健康的身体，才能做好革命工作。""是！"陈海根说话了，但好像带着一丝委屈。宋庆龄没注意到，以为孩子懂了，就转身跟另外一位小演员讲话。

　　"宋奶奶！"几个和陈海根一起排练节目的小演员大着胆子叫道。宋庆龄回过头来，她一眼看到陈海根还站在那里，脸涨得通红。她望着叫她的几个孩子，亲切地问："你们有什么事吗？"孩子们七嘴八舌地说："陈海根的脖子不是脏！""他生来皮肤就黑，黑得很

呢！""您冤枉他了……"

宋庆龄一下子惊呆了，马上露出歉疚的神色，仿佛在自责："我太粗心了！"

她急忙走到陈海根面前，轻轻摸着他的头，

战地记者闾丘露薇

闾丘露薇在加入凤凰卫视后，曾采访过多项大型活动，也多次跟踪报道中国领导人外访活动，足迹遍布欧洲、美洲和亚洲。此外，她还采访了大量政经界的领袖人物。2001年，她在美国华盛顿现场报道了美国总统的就职仪式。然而，让闾丘露薇名扬天下的还是进入阿富汗战场进行采访。她在枪林弹雨中穿梭，成为第一位进入这片战场的华人女记者，也成为进入伊拉克战地的中国记者第一人。她的勇敢和职业精神获得了全世界人们的尊敬。

仔细看他的小脸，可不，果然是黑。她充满歉意地拉起陈海根的手，诚恳地说："孩子，我搞错了，请你原谅我！"陈海根急忙摇头，说："不，不！宋奶奶，不能怪您，应该怪我的脖子确实太黑了，怎么洗也洗不白。"

宋庆龄爱抚地拍了拍陈海根的肩膀，说："好孩子！谢谢你安慰我。是我错了，我应该向你道歉，请你原谅我！"

这年，宋庆龄已经是61岁的老人，担任中华人民共和国副主席的重要职务。

她身居高位，却在向一个孩子道歉，而且是十分诚恳的道歉。

成长课堂

对于一个位高权重的人来讲，能用平和的心态对待他人，尤其是一个小孩子，这本身就是一种可贵的谦逊美德，值得所有人尊重。我们也应该以宋庆龄为榜样，养成谦虚的良好品德。只有这样，我们才会有更多的收获。

优秀女孩宣言

以后，谦虚温和的态度就是我待人的名片。

水泡的下场

一场暴雨过后，池塘的水面上漂起了串串水泡。这些水泡在水面上漂呀游呀，有的不小心碰到一块儿，就合成了大的水泡。

其中一个大水泡在水里飘飘悠悠地晃着，很有些不可一世的架势，只见它向左一晃，吞并了身旁的一个小水泡；再向右一晃，又吞并了一个，它心里得意极了。它一个个地吞噬着同伴的同时，它的身体也一点点地膨胀着。这时，大水泡有些飘飘然了……

“哈哈哈，我太伟大了，我是世界之王！你们这些小不点儿都是我的臣民，如果谁敢冒犯我，我就将它吞噬……”它对其他的小水泡说着这样的话，就好像是一个“国王”在向自己的子民发号施令，那气势真是有点儿忘乎所以了。

一个小水泡实在看不下去了，好心警告它说：“亲爱的朋友，不要太霸道了。如果你再这样骄横下去，以牺牲同伴来壮大你自己，这样下去你最终会把自己毁掉的！”

“什么？你说我会把自己毁掉？简直是无稽之谈！你知道我是谁吗？我

是你们的老大，你们谁都不能反抗我。你只是一个小不点儿，竟然还敢指责我！哈哈哈！"对小水泡的直言，大水泡感到很可笑。"你竟然敢对我如此不敬，就让其他人看看反抗我的下场吧，我要吃掉你……"

说着，它开始向小水泡漂过去。

那个小水泡没想到自己的一番好言相劝却惹来了祸端，它见不可一世的大水泡恶狠狠地向自己杀将而来，害怕极了，便没命地向前游去。可它由于身躯太小，游起来的速度也很慢，哪能游得过那个大水泡啊。没多久，那个大水泡就追上它了。看着大水泡张牙舞爪的样子，小水泡害怕地哭了起来……

然而，当大水泡腆着圆鼓鼓的肚子肆无忌惮地逼近小水泡，想要吞灭它的时候，由于肚子撑得太大，只听"嘭"的一声，它一下涨破了，变成了几滴小水珠融进了水里，没影了。

小水泡高兴极了，说："看吧，好心相劝你不听，自己把自己毁掉了吧！"

当然，那大水泡是再也听不到小水泡的话了，只有水在无声地向前流着。

成长课堂

翻翻历史我们就会发现，真正有成就的人都具备一个共同的美德，那就是谦虚。在人生道路上，骄傲往往成为阻止我们前进的绊脚石。骄傲的人不仅得不到真正的友情，有时候还会毁掉自己的前程。戒骄戒躁，踏踏实实做好本职工作才会让你赢得尊重。

优秀女孩宣言

在很多方面我做得还不够呢，我应该谦虚地向其他同学学习。

谦卑的一笑

　　那是略上年纪的一对夫妇，六十多岁，在偏僻的角落经营着一间店铺。小百货店是老先生自搭自建的，七八个平方，放置着两节柜台，前后各开一扇门，连通着两个没有封闭的小区。我们经常路过这，其实是想抄点儿近路，直接到外面的菜场或者报亭。总这样穿行而过，觉得打扰人家，过意不去，有时会停下步子，买些烟、酒、口香糖，或者酱油、味精、醋，顺便照顾一点儿生意。无论买与不买，从小店经过，他们总是浅浅一笑，点头致意，谦逊而温和地敞开方便之门。

　　小百货店的生意也许并不好，出门不足10米，便是一家超市，规模比起他们的，简直不知大出多少倍。在小百货店旁边，有一小块空地，他们闲时种点儿蔬菜，他们似乎把更多的心思用在了菜地上。但他们的店门一直敞开着，超市打烊了，小店还没关门，夜归的人常常从此经过，小店俨然成了一间小小的传达室。初夏的时候，小柜台上摆满了栀子花，一朵朵的，养在盛水的瓷碗里，沁人心脾的香气弥漫在狭小的空间里。人们停下来，老妇人便会送上一朵或者几朵。我便得到过一次，待要付钱，她摇着头，笑起来："家里长的。"老妇人笑起来，慈眉善目，唇角之间，宛如一朵谦卑温和的小花。

　　后来，老先生夫妇还开起茶炉子来，一块钱可以打十瓶热水。这个茶炉子开得有些不合时宜，现时几乎家家烧煤气，光顾的人很少，只有一帮老头老太，常常拎着水瓶，坐在小百货店里，一面闲话，一面坐等水开，甚至饶有兴致地应邀参观他们种的蔬菜。他们两个看上去总是形影不离，如都市里的隐士，安详地守着一份宁静。一个年幼的孙女儿，时常像一只燕雀，跳跃在他们身边。

小区整治违章搭建时，小百货店与茶炉子一起被拆除，砌起了一道围墙。我们只得绕道去菜场或者报亭。我有时下楼散步，会在菜地上看见他们躬身劳作，抬起头来，见到我，他们照例会致以谦卑温和的一笑。

有好一阵子，我没有见到老先生。母亲告诉我，老先生踩在高凳上拿东西，一跤跌下，立时殒命，过世已有一年了。我的心顿时像被什么抽了一下，怅然若失。

现在，我又能常常见到那个老妇人了。她一个人，低着头，像是想着重重心事，只是到了近前，她见到人，一定会像以前一样，致以一个含蓄的笑。更多的时候，我见到她一个人，坐在马路边的石墩子上，一直坐到夜幕降临，好像是在回忆，又好像是在等待……我不敢靠近她，不敢惊扰她。我知道，若是靠近，她必定要给我一个平静的笑容，像冰心先生所说的那样，"这笑容仿佛是在哪儿看见过似的"，是在哪里见过的呢？

我想起来了，这如同栀子花般芳香洁净的笑容，和那位迄今不知名姓的老先生——她逝去的丈夫的笑容一模一样，只是浅浅的谦卑一笑，宛若尘世中的小花，给人以淡淡的柔和与温暖。是的，那谦卑一笑，温暖过我，也温暖过别人。

成长课堂

在岁月的风景中，这样一对老人谦和的面容让所有的人都充满了感动，谦卑的一笑，似乎已经成为了他们的习惯和标志，当一位离去之后，剩下的那位也依然在传播着那温暖的笑容，让我们都体味着那份感动。

优秀女孩宣言

做一个谦和的人，是岁月里的一道风景。

娥皇女英

根据《史记》记载，上古五帝时期，有一位叫尧的帝王，国号为唐，所以也称为"唐尧"。他有两个女儿：大的名叫娥皇，小的名叫女英，史书上常合称姐妹二人为"皇英"。

有一次，尧帝问朝里的官员："我在位已经70年了，你们说将来谁能继承我的位置，使天下太平，百姓安乐？"

当时，主管四岳的官员就一致向尧帝举荐说："民间有一个叫舜的农民，他的父亲无知而且妄为，所以人称'瞽叟'。"尧帝为了谨慎起见，就把两个女儿都嫁给了舜，通过舜在家的品行和处理家事的态度，了解他的为人。同时又让他的九个儿子去和舜相处，考察他在外治理一方的能力。

皇英姊妹二人下嫁给舜之后，不仅没有因为自己是帝王的女儿而表现骄慢，反而更加谨慎勤俭，唯恐辜负父亲和天下百姓的期望。所以她们就和其他的农家女子一样去干那些繁重的粗活儿，服侍舜和他的父母以及弟弟也是十分周到和恭敬。

在皇英姐妹的精心服侍和协助下，舜对全家人更是备加关心和爱护。他们夫妻的行为也使尧帝的九个儿子深受感动，不仅十分尊敬舜，而且做事也很谨慎和努力。

尧帝为了表彰舜，就赐给他许多布匹、乐器和牛羊，还修筑了米仓。此时的舜因为已经不再是平民的身份，依照礼节，也就不能和父母住在一起了。

皇英姐妹以其爱心和智慧，多次使舜化险为夷，虽然父亲瞽叟和弟弟象曾对舜非常刻薄，但皇英姐妹待他们依旧是那么孝顺、恭敬和友爱。她们在家中恪尽职守，帮助舜分忧解难，同时也极大地促进了舜在事业上的顺利发展。

舜以其身体力行的德风，感召他所耕作的历山之地，家家学会谦恭，没有了土地纠纷；渔猎的雷泽湖畔，人人学会礼让，纷纷把好的位置让给老人。舜所居住的地方，一年时间，就有很多人来此定居；两年时间，就变成了村镇；三年时间，就成为都城。

后来，尧帝把王位放心地让给了舜。娥皇做了王后，女英做了王妃。而她们服侍和照顾瞽叟和弟弟象他们，仍旧同从前一样恭敬。皇英姐妹这种谦虚谨慎、恭敬勤俭和恪守本分的举动，也成了天下女性学习的良好典范。

成长课堂

人类历史正是靠代代承传，才能绵延不绝。而一个女子在家庭中付出的一切，也正是使家族世代兴旺、社会永续发展的基础保证，这不能不引发我们对女性对家庭社会贡献的深入省思。一个温和礼让、有着传统美德的女子无疑是一个家庭的福音。

优秀女孩宣言

女子能顶半边天！

避免"脾气败"

失败有多种，其中一种就是因为控制不了自己的脾气，意气用事而导致的失败。这种失败，就是"脾气败"。

香港德隆公司的销售经理阿江因商品市场判断失误，给公司造成了1000万美元的损失。这数目是相当惊人的，以前阿江可是从来没有失过手的，这以后怎么面对上司和下属呢？想想大家以后会用一种什么眼光来看自己，阿江的内心就难受极了。羞愧懊悔的阿江随即向董事长提出了辞职，以示谢罪。

如果你是德隆公司的董事长，你会怎样处理此事？

或许你大度，或许你睿智，但我敢说大多数普通人会火冒三丈，严厉指责阿江的过失，并作出开除阿江的决定。这样做有什么好处呢？或许能收到杀一儆百的效果，或许能消减你心中的忿忿怒气，但这样做的结局于事无补，因为损失已成定局，不能挽回。

德隆公司的董事长解世龙当着阿江的面把辞职信一撕两半，扔进了垃圾桶，并笑着对他说："你在开什么玩笑？公司刚刚在你身上花了1000万美元的培训费，你不把它挣回来就别想离开。"

阿江闻听此言，大出意外，立即化羞愧为奋发，变压力为动力，在随后的一年时间内，他为公司创造了远远多于1000万美元的利润。

解世龙是明智的人。面对下属的失误，他既看到了公司的损失，也看到了事业发展的潜力，明智的解世龙压住了自己的坏情绪，用思想工作来挖掘这种潜力。

如果说解世龙转败为胜, 那么意气用事的那些人便会一败再败。这种失败, 说到底就是"脾气败"。如何避免"脾气败"是一门处世哲学。

　　一个人在心澜难平, 或者怒涛汹涌时, 是很难做出理性的判断、采取明智的行动的, 这就造成了"脾气败"。富兰克林说过: "事情常常从愤怒开始, 以羞辱结束。"人之心理就像一面湖水, 波浪起伏的水面, 无法映出任何面貌, 但是静止的水面, 却犹如一面镜子, 不但能映出周围的高山、树林, 甚至天空中飘动的浮云也能看得一清二楚。如何保持心静如水, 是一种极高的修养, 这种修养会使一个人时刻避免"脾气败", 从而踏平坎坷, 消除灾祸, 转败为胜, 走向辉煌。

 成长课堂

　　谦虚需要一种底气来支撑。智是智者的底气, 智者的聪慧在于能从中看到局限和欠缺, 他的和气中透出低调, 和颜中多有雅量。善是仁者的底气, 仁者的善能容下无端的伤害和浅漏的狂妄, 他的谦卑融于忍耐中, 他的虚怀嵌入慈悲之间。大是强者的底气, 强者的博大能让对手心悦诚服地拥戴和情不自禁地景仰。

　　谦虚的人, 因为看得透, 所以不躁; 因为想得远, 所以不妄; 因为站得高, 所以不傲; 因为行得正, 所以不惧。这样的人, 才真正称得上是谦虚的人。

 **优秀女孩宣言**

海纳百川, 有容乃大; 壁立千仞, 无欲则刚。

低调做人的 母亲

　　有一个美国人叫乔安娜，在她的记忆中，母亲一直就是瘸着一条腿走路的，她的一切都平淡无奇。所以，她总是想，父亲怎么会和这样的一个人结婚呢？

　　一次，市里举行中学生篮球赛，乔安娜是队里的主力。她找到父亲，说出了她的心愿——她希望父亲能陪她同往。

　　父亲笑了，说："那当然。你就是不说，我和你母亲也会去的。"

　　乔安娜听罢摇了摇头，说："我不是说母亲，我只希望你去。"

　　父亲很是惊奇，问："这是为什么？"

　　乔安娜勉强地笑了笑，说："我总认为，一个残疾人站在场边，会使整个气氛变味儿。"

　　父亲叹了一口气，说："你是嫌弃你的母亲了？"

　　母亲这时正好走过来，说："这些天我得出差，有什么事，你们商量着去做就行了。"

　　比赛很快就结束了，乔安娜所在的队获得了冠军。

　　在回家的路上，父亲很高兴，说："要是你母亲知道了这个消息，她一定会放声高歌的。"

　　乔安娜沉下了脸，说："爸爸，我们现在不提她好不好？"

　　父亲接受不了她的口气，提高了声调，说："你必须要告诉我这是为什么。"

　　乔安娜满不在乎地笑了笑，说："不为什么，就是不想在这时提到她。"

　　父亲的脸色凝重起来，说："孩子，这话我本来不想说，可是，我再隐瞒下去，很可能就会伤害到你的母亲。你知道你母亲的腿是怎么瘸的吗？"

　　乔安娜摇了摇头，说："我不知道。"

父亲说："那一年你才两岁。你母亲带你去花园里玩儿，在回家的路上，你左奔右跑，忽然，一辆汽车疾驰而来，你母亲为了救你，左腿被碾在了车轮下。"

乔安娜顿时惊呆了，说："这怎么可能呢？"

父亲说："这怎么不可能呢？不过这些年你母亲不让我告诉你罢了。"

父女二人慢慢地走着。父亲说："有件事可能你还不知道，你母亲就是布莱特——你最喜欢的作家。"乔安娜惊讶地蹦了起来，说："你说什么？我不信！"

父亲说："其实这件事你母亲也不让我告诉你。你不信可以去问你的老师。"

乔安娜急急地向学校跑去。

老师面对她的疑问，笑了笑，说："这都是真的。你母亲不让我们透露这些，是怕影响你的成长。但现在你既然已经知道了，那我就不妨告诉你，你母亲是一个伟大的人。"

两天以后，母亲回来了，乔安娜问母亲："你就是大名鼎鼎的布莱特吗？"

母亲愣了一下，然后就笑了，说："我就是写小说的布莱特。"

乔安娜拿出一本书来，说："那你先给我签个名吧！"母亲看了她片刻，然后拿起笔来，在扉页上写道：赠乔安娜，生活其实比什么都重要。

多年以后，乔安娜成为了一名出色的记者。这时，如果有人让她介绍自己的成功之路，她就会重复母亲的那句话：生活其实比什么都重要。所以我们都要低调。

成长课堂

一个选择低调做人的母亲，只是为了不影响女儿的成长，这是一种多么伟大的情怀，当女儿不能理解她的时候，她的身份被揭示，而她谦逊美好的人格也再一次发出耀眼的光辉，这么谦逊的一位作家和母亲，怎么能不令人尊敬呢！

优秀女孩宣言

低调地做人，让我可以更谦逊地对待别人。

读了这么多精彩的故事，和故事中的主人公比起来，你觉得自己能成为一个谦虚温和的女孩吗？不妨来训练营锻炼一下自己吧！

谦虚适度学问深

　　孙淼与张丽是同学，但两个人的性格差异很大。上课时，孙淼经常举手回答问题，但也经常插嘴，老师批评她时她还很不服气；张丽则很少主动举手回答问题。孙淼只要受到老师的表扬就一整天都很神气；张丽对这一点很不以为然。课间，老师问有没有擅长剪纸的，张丽明明很会剪，却红着脸说自己还没怎么学会。老师本来是想叫人来剪纸装饰教室的，只好不了了之，张丽也觉得很遗憾。

　　其他同学对孙淼和张丽都颇有微词。你觉得她们两个要怎样做才能谦虚有度呢？

 答案在132页

《杨振华的"宝物"》答案：

　　原来，杨振华所说的"宝物"是一个警枕。

　　古代有一种木头制成的圆枕，实际上是一小段圆形的木头，当人们熟睡时，因为翻身头很容易从上面滑落下来，因此就警醒了，这种圆枕称为"警枕"，也有的说法叫"醒枕"。一般刻苦学习的士子常用。司马迁也用警枕睡觉，一惊醒就又读书写作，这已成为古人勤奋学习的佳话了。

　　现在，我们虽然有闹钟而不需要警枕来提醒自己起床，但是古人和科学家这种惜时如金、争分夺秒的精神还是值得我们学习的。

第五章

关爱他人，让女孩更具亲和力

以前的我

运动会上，同桌受伤倒在地上，同学们都去照顾她。

我只顾做自己的准备活动，对她毫不理睬。

现在的我

我扶同桌坐下来，帮她检查腿上的伤势。

我扶着她往医务室走去。

79

让女孩拥有良好习惯的 62个 故事

以前的我

妈妈生病了，痛苦地躺在床上。

反正爸爸会照顾好她的。

我在兴致勃勃地看电视。

现在的我

我给妈妈倒了一杯热气腾腾的姜糖水。

我们可可现在真懂事！

妈妈欣慰地笑了。

以前的我

放学时下雨了，同桌没有带伞，我带了。

> 我才懒得管她呢，我走我的。

同桌站在那儿，我独自撑伞走了。

现在的我

> 走吧，我送你回家。

我主动提出送她回家。

我们俩在雨中共撑一把伞，说说笑笑地往家走去。

◀ 以前的我

学校组织去敬老院，同学们都很热心地帮老人打扫卫生。

我站在一旁，什么也不做。

◀ 现在的我

我热心地帮老人收拾房间。

老人高兴地和我们聊天。

我的成长计划书

关爱他人，让女孩更具亲和力

　　同学们都说我有点儿冷酷，对我常常敬而远之，以前我觉得没什么，现在我突然发现这样很不好，身边没有一个知心朋友。我想是我太不关心周围的人了。以后我要这样做：

1. 明天我要拿一盒咽喉含片给老师，最近她说话有些沙哑。

2. 同桌的手在冬天被冻得红红的，我让妈妈给她也织一副手套。

3. 我给隔壁生病的奶奶送去妈妈熬的汤。

4. 爸爸辛苦一天回到家，总是喊腿疼，我为他捶腿、按摩。

5. 弟弟发烧了，我不停地为他换上冷毛巾，希望可以缓解他的痛苦。

6. 每隔一段时间，我就打电话给奶奶，询问她的健康状况。

洗手间里的晚宴

保姆住在主人家附近一间破旧的平房中。她是单身母亲，独自带着一个四岁的女孩。

那天，主人要请很多客人吃饭。主人对保姆说："今天您能不能辛苦一点儿，晚一些回家？"保姆说："当然可以，不过我女儿见不到我，会害怕的。"主人说："那您把她也带过来吧……"保姆急匆匆地回家，将女儿带到了主人家的书房。她说："你先待在这里，晚宴还没有开始，别出声。"

不断有客人光临主人的书房，或许他们知道女孩是保姆的女儿，或许并不知道。他们亲切地拍拍女孩的头，然后翻看主人书架上的书。女孩安静地坐在一旁，她在急切地等待着晚宴的开始。

保姆不想让女儿破坏聚会的快乐气氛，更不想让年幼的女儿知道主人和保姆的区别、富有和贫穷的区别。后来，她把女儿叫出书房，并将她关进主人的洗手间。主人有两个洗手间，一个主人用，一个客人用。她看看女儿，指指洗手间里的马桶："这是单独给你准备的房间，这是一个凳子。"然后她再指指大理石的洗漱台："这是一张桌子。"她从怀里掏出两根香肠，放进一个盘子里。"这是你的，"她说，"现在晚宴开始了。"

盘子是从主人家的厨房里拿来的，香肠是她在回家的路上买的，她已经很久没有给女儿买香肠了。

女孩从没见过这么豪华的房间，更没有见过洗手间。她不认识抽水马桶，也不认识漂亮的大理石洗漱台。她闻着洗涤液和香皂的淡淡香气，幸福极了。她坐在地上，将盘子放在马桶盖上。她盯着盘子里的香肠，唱起歌来。

晚宴开始的时候，主人突然想起保姆的女儿。他去厨房问保姆，保姆说："也许是跑出去玩了吧。"主人看保姆躲闪着目光，就在房子里寻找。终于，他顺着歌声找到了洗手间里的女孩。那时，女孩正将一块香肠放进嘴里。他愣住了，问："你躲在这里干什么？"女孩说："我是来这里参加晚宴的，现在我正在吃晚餐。"他问："你知道这是什么地方吗？"女孩说："知道，这是单独为我准备的房间。"他问："是你妈妈这样告诉你的吧？"女孩说："是……其实不用妈妈说，我也知道。晚宴的主人一定会为我准备最好的房间。"女孩指了指盘子里的香肠："我希望能有个人陪我吃这些东西。"

主人默默走回餐桌前，对客人们说："对不起，今天我不能陪你们共进晚餐了，我得陪一位特殊的客人。"然后，他从餐桌上端走了两个盘子。他来到洗手间的门口，礼貌地敲门，得到女孩的允许后，他推开门，把两个盘子放到马桶盖上。他说："这么好的房间，当然不能让你一个人独享……我们共进晚餐。"

那天，他和女孩聊天，唱歌。他让女孩坚信洗手间是整栋房子里最好的房间。他们在洗手间里吃了很多东西，唱了很多歌。不断有客人敲门进来，他们向主人和女孩问好，他们递给女孩美味的饮料和烤得金黄的鸡翅。他们露出夸张和羡慕的表情。后来，他们干脆一起挤到小小的洗手间里，给女孩唱起了歌。每个人都很认真。

多年后，女孩长大了。她大学毕业后，找到了一份不错的工作。尽管并不富有，她还是一次次地掏出钱去救助穷人，而且从不让那些人知道她的名字。她说："我始终记得多年前，有一天，有一位富人，有很多人，小心地维系了一个四岁小女孩的自尊。"

成长课堂

真正的关爱是什么？当然不是物质上的给予，而是给对方强大的精神力量和春雨般的心理帮助，维护对方的自尊就是给需要的人最好的关爱。小心呵护每一颗需要保护的心灵，用真诚善良的心让这份关爱延续。

优秀女孩宣言

满怀着同情和爱心付出自己的关爱，我相信这种关爱的力量是会无限延伸的。

捐赠天堂

"5·12"汶川大地震后，单位号召大家为灾区捐物。同事李子拎来了一个特大的包袱，里面除了四季衣物之外，还有一对母子毛毛熊以及几条漂亮的发带。李子说："这些玩意儿全是我那宝贝闺女给塞进来的。昨天我下班回家，说单位让给灾区捐款捐物，我闺女不明白捐献是怎么一回事，非让我给她讲讲不可。这一讲可不要紧，我那小公主竟然抹起眼泪来。她跟我说，'妈妈，那些灾区的小朋友连衣服都穿不上，肯定没有毛毛熊也没有发带，把我这些东西送给他们吧！'"李子把那只熊妈妈翻过来，只见它的肚子上贴着一块小橡皮膏，上面歪歪扭扭地写着四个字："祝你快乐"。

好一个爱煞人的小天使，我在心里这样说，眼睛有些泛潮。我很自然地想起至今还珍存在心里的那两张剪纸。

那是两张"四不像"剪纸，刀法笨拙粗糙。我甚至可以说，它是我见过的最糟糕的剪纸。朋友玲第一次朝我炫耀时，我大笑地对她说："不是跟你吹牛，我就是闭着眼都能剪出比这强十倍的剪纸来。"玲一脸的肃穆，她说："如果你知道了关于它的故事，你就再也不会嘲笑它了。"

玲是唐山人，大地震时她还是个孩子，无情的地震毁灭了她的家园，夺走了她的母亲……开学了，她擦干了泪水与同学们一起去上学。在搭建的抗震棚里，老师把外地同学捐赠的书本分给了大家。她分到的书很新，翻开看时，竟然发现里面有两张剪纸。玲很高兴地欢呼起来。这欢呼引来了全班的同学，大家妒忌地分享了她那份巨大的欢乐。

"要知道，"玲很动情地说，"在废墟掩埋了一切的背景下，这两张剪纸给一个可怜孩子的可是一份奢侈的欢愉呀！我想，在这个世界上，大概只有孩子才最懂得孩子——她爱的，就相信小朋友一定也爱。她小心翼翼捧在手里的有可能只是几

女孩卡片

《长袜子皮皮》的故事

瑞典儿童文学大师林格伦的女儿卡琳7岁时得肺炎卧病在床，不断吵着要妈妈讲故事。林格伦不知道讲什么，"就讲长袜子皮皮的故事吧。"女儿漫不经心地想出这个怪名字，于是《长袜子皮皮》的故事就诞生了。故事的主人公皮皮是一个怪怪的小女孩，满脸雀斑、一头红发，穿着一长一短两只袜子，而且还是不同的颜色。在她和她朋友的世界里，没有成人世界的既定规则，一切都是可能的。没有大人的世界，健康、快乐、无拘无束。

粒石子甚至一块泥巴，但当她慷慨地当作礼物赠送给一个极想得到它的伙伴时，他们就共有了一个天堂，童趣永远是大人们无法涉足的一块福地。当你明白了10克拉的钻石比一个玻璃球值钱时，那你已经悲壮地长大，你再也不易拥有那种至纯至善至美的天使之心了。"

我不知道毛毛熊和发带又将演绎出一个怎样美丽的动人故事，我只知道，一颗童心给另一颗童心捐赠了一个真正的天堂。

成长课堂

把一颗爱人、助人的童心奉献出来，就等于给别人捐赠了一个天堂。希望我们每个人都永远保持这份不泯的童心。

优秀女孩宣言

我的童心不灭，我的爱心就不灭。

最美的彩虹

　　女友是一名小学教师，职业性质决定了她要经常与粉笔打交道。粉笔灰尘雪花一样把她的世界装点得银装素裹的同时，也悄然腐蚀着她的手指。

　　几年下来，她的右手拇指和食指结了一层厚厚的老茧。尤其是冬天，天冷的时候，她手上的老茧裂开了缝，一堂板书下来，疼痛不已。她上班前擦的润肤油，不到几分钟的时间就被粉笔灰吸得一干二净。为了减轻疼痛，下课后她就经常用热水袋捂冰凉疼痛的手指。

　　有一堂课，女友需要板书一黑板教材，写到一半的时候，她手上的裂口流出了很多血，染红了手中的粉笔。坐在前排眼尖的学生发现了老师手上的血，那点点血迹像梅花一样，竟将白色的粉笔点缀得分外引人注目。

　　女友拿出纸擦掉手上的血，继续书写。不专心上课、悄悄叽叽喳喳说话的学生见状后不再说话。教室静极了，只听见粉笔头在黑板上轻轻发出的沙沙声，就像秋天的叶子静悄悄、一片一片落在草地上发出的轻微声音。

　　第二天上课时，女友一走进教室，就发现学生们的眼神和往常不一样，有一种期待、一种激动，那种神情意味深长，就像捉迷藏的孩子希望自己的秘密不被人发现一样。班长喊起立，全班学生向老师问好，他们并没有把目光放在老师身上，眼睛全盯着讲台上的粉笔盒。这让她感到很蹊跷，莫非今天是什么特殊的日子？当她从粉笔盒里拿出粉笔准备书写时才发现，那些粉笔整整齐齐全部穿上了外套，一根根粉笔被五颜六色的彩纸裹了起来，像花园里多彩的花枝。

　　女友以为学生们在和她开玩笑，准备撕掉包裹粉笔的彩纸时，学生们异口同声地喊："老师先不要撕，请你先看看那些字！那纸上面有字。"

女友轻轻撕开纸，纸上密密麻麻写着："老师，天冷了，我们看到你板书时手上流血，就用纸把粉笔包了起来。这样你写字时手就不感到疼了！"在那些粉笔中有一支特别独特，没有包纸、被一个硬壳的彩色笔筒包着。女友拿起来仔细一看，原来是一个已经用尽、可以随意拧着伸缩的唇膏筒！这是多么富有诗意美的创意啊。这些纯真的孩子，把母亲用来化妆的唇膏也给拿来了。

几十双眼睛盯着女友。女友的眼睛湿润了，泪水慢慢地像地下泉水，流了出来。然后她微笑着向学生们道谢，转过身，书写。粉笔灰雪花一样飘落，竟使这寒冬的教室多了一种格外的婆娑和妩媚。握着那细细的粉笔，她感觉自己握着的不是一支粉笔，而是一双双温暖的小手，一支有力的橹桨，在爱的海洋里划呀划。他们用薄薄的一张纸，在寒冬，给老师筑起了最温暖的墙。此刻，她的心里汹涌着一种说不出的力量。她知道，那些孩子的心，在身后像细微的炭火一样，默默燃烧着……

后来女友告诉我说："那一堂是我执教以来最短暂难忘的一课，也是最漫长幸福的一课。要毕业了，实在舍不得这些学生，总有一天，他们会怀着理想离开校园，走向远方，我相信，没有一种力量能够把他们打败。"

我笑着说："那些孩子，用心，给他们的老师画出了最美的彩虹；用爱，给他们的未来交出了最美的答卷。"

成长课堂

　　一根小小的粉笔，是孩子们对老师关爱的最好表达，他们的爱简单而朴实，他们的爱生动而沉重，他们用爱给予了一个年轻女老师冬日里最温暖的力量。

优秀女孩宣言

　　老师无私奉献给我们的太多了，我们也应该多关心老师。

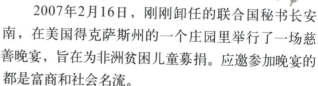

2007年2月16日，刚刚卸任的联合国秘书长安南，在美国得克萨斯州的一个庄园里举行了一场慈善晚宴，旨在为非洲贫困儿童募捐。应邀参加晚宴的都是富商和社会名流。

在晚宴将要开始的时候，一位老妇人领着一个小女孩来到了庄园的入口处，小女孩手里捧着一个看上去很精致的瓷罐。

守在庄园入口处的保安安东尼拦住了这一老一小。"欢迎你们，请出示请柬，谢谢。"安东尼说。

"请柬？对不起，我们没有接到邀请，是她要来，我陪她来的。"老妇人抚摸着小女孩的头对安东尼说。

"很抱歉，除了工作人员，没有请柬的人不能进去。"安东尼说。

"为什么？这里不是举行慈善晚宴吗？我们是来表示我们的心意的，难道不可以吗？"老妇人的表情很严肃，"可爱的小露西从电视上知道了这里要为非洲的孩子们募捐，她很想为那些可怜的孩子们做点儿事，于是决定把自己储钱罐里所有的钱都拿出来。我可以不进去，真的不能让她进去吗？"

"是的，这里将要举行一场慈善晚宴，应邀参加的都是很重要的人士，他们将为非洲的孩子们慷慨解囊。很高兴你们带着爱心来到这里，但是，我想这种场合不适合你们进去。"安东尼解释说。

"叔叔，慈善的不是钱，是心，对吗？"一直没有说话的小女孩露西问安东尼。她的话让安东尼愣住了。

"我知道受到邀请的人有很多钱，他们会拿出很多钱，我没有那么多，但这是我所有的钱啊，如果我真的不能进去，请帮我把这个带进去吧！"小女孩露西说完，将手中的储钱罐递给了安东尼。

安东尼不知道是接还是不接，正在他不知所措的时候，突然有人说："不用了，孩子，你说得对，慈善的不是钱，是心！你可以进去，所有有爱心的人都可以进去。"说话的是一位老头儿，他面带微笑，站在小露西身旁。他躬身和小露西交谈了几

慈善的不是钱，是心

句,然后直起身来,拿出一份请柬递给安东尼:"我可以带她进去吗?"

安东尼接过请柬,打开一看,忙向老头儿敬了个礼:"当然可以了,沃伦·巴菲特先生。"

《窗边的小豆豆》

《窗边的小豆豆》讲述了作者上小学时的一段真实的故事:小豆豆因淘气被原学校退学后,来到了巴学园。在小林校长的爱护和引导下,在巴学园里亲切、随和的教学方式下,小豆豆度过了人生最美好的时光,并奠定了她一生的基础。这本书不仅带给全世界几千万读者无数的笑声和感动,而且为现代教育的发展注入了新的活力,成为20世纪全球最有影响的作品之一。

当天慈善晚宴的主角,不是募捐倡议者安南,不是捐出300万美元的巴菲特,也不是捐出800万美元的比尔·盖茨,而是仅仅捐出30美元零25美分的小露西,她赢得了最多最热烈的掌声。而晚宴的主题标语也变成了这样一句话:"慈善的不是钱,是心。"第二天,美国各大媒体纷纷以这句话作为标题,报道了这次慈善晚宴。看到报道后,许多普普通通的美国人纷纷表示要为非洲那些贫穷的孩子们捐赠。

成长课堂

对于一个小女孩来说,她所能奉献的是她的全部,也许和富豪们相比她的钱不是最多的,但任何人都无法比拟的,是她那一颗金灿灿、关怀着别人的心,这样一个关爱着他人的小女孩就是一个慈善晚会最善良的阐释。

优秀女孩宣言

用关爱的心去做慈善,重要的是我的心意而不是钱。

柜台里的小人书

小时候每天上学我都要经过一家杂货铺，比较特殊的是，这间杂货铺除了卖日常生活用品外，还在柜台角落摆了些小人书。

那是20世纪80年代初期，出版物不像今天这样普及，零卖小人书的杂货铺在我们孩子眼中显得很珍贵。而且，当时社会上的小人书大多是"文革"遗留下来的"政治书"，味同嚼蜡，比起杂货铺里的《水浒传》、《西游记》、《三国演义》等，那就差远了。

一次，我偶然发现新上柜了3册《聊斋志异》，心中一惊，然后是喜悦。我叫守店的大妈拿一册给我看看，她就拿了。翻着翻着，我就被迷住了，看得津津有味，浑然忘我。正看到一半处，忽然被人劈手夺过，还嚷嚷着："你买不买啊？！"我抬头一看，是大妈的儿子，正气呼呼地将小人书归位。大妈责备他："小孩子，给她看看呗！"儿子说："这是卖的，翻旧了卖给谁去？"我当时恼羞成怒："谁说我不买了？"他说："钱呢？"我说："我忘记带钱，过几天就买！"

我是个小学生，哪里来的钱啊？思来想去，没法子。以前曾以买练习簿或铅笔为借口骗过妈妈的钱，后来败露，妈妈就不再轻易给我钱了；更何况，3册《聊斋志异》至少也得3毛钱，这样一笔"巨款"，一时半会儿也骗不来。所以，以后每天上学经过杂货铺，我都感到挺揪心的。如果大妈的儿子不在，我就进去瞅瞅，看那几本书还在不在，只是不再好意思要书看。

这么着瞅了几次，大妈猜出了我的心思，一去就问我要不要"翻翻"，幼稚的自尊使我摇头说："不，我正在攒钱准备买回去看。"大妈笑笑不语。

过了一个月，看那3本书都还在原位没动，我才稍稍心安，但离攒够买书的钱还是遥遥无期。这时夏季来临了。一天下午上学前，妈妈意外地给了我5

分钱买冰棍，让我好一阵激动！说实话，若在以前，这5分钱在我手中停留的时间不会超过10分钟，但这次我就忍住了，坚决不动它！我要攒足钱，买回丢失在杂货铺的自尊！

约一周后，妈妈再次给了我5分钱，我又攒下了，觉得自己离那3本书又近了一大步。不久，学校旁边出现了一家回收废旧物资的店铺，一打听，说是需要塑料、铁等等。我大喜！当天回家就将两双破凉鞋、一个自行车后架拿去卖了，换得1毛1分钱——加上原有的1毛钱，我已经拥有2毛1分钱了。

我雄赳赳气昂昂地来到杂货铺，问大妈："2毛1分钱能买几本《聊斋志异》？"大妈有些惊讶地望了我一眼，然后拿过那3本小人书："9分，1毛1分，1毛2分，共计3毛2分……"她又看了我一眼，像是要核实我的身份似的，"这几本书嘛，卖不掉，所以折价一半，3本共计1毛6分，你的钱够了！"

那份狂喜！简直是天上掉馅饼啊！正当我伸手接书时，旁边一个顾客说："张嫂子，你这是糊弄我吧？上个月我说要买《聊斋志异》，你说被人订了，今天却卖给了一个小屁孩，还是半价！"我分明看见大妈向那人摆手，还捣捣他的肩，似乎在暗示什么……

长大后，这幕情景一直镌刻在我的脑海中，难以忘怀。

成长课堂

发自内心的体恤，具有一种动人的力量，它能穿越时间的长河，源源不断地给人以温暖和感动。给予别人关爱是一种美德，在关爱别人的同时，还能用真诚的体恤呵护对方的心灵，是做人的一种境界。

优秀女孩宣言

关爱他人似一股温泉，温暖而动人。

迷途笛音

  那年女孩6岁。离女孩家仅一箭之遥的小山坡旁，有一个早已被废弃的采石场，双亲从来不准女孩去那儿。其实那儿风景十分迷人，所以这样的禁令让女孩有点儿为难，她很期待可以去那里玩一次，因为听说那里有美丽的花儿，高高的柳树，还有不断跑出来的野兔，一切都充满了神奇。

  一个夏季的下午，女孩随着一群小伙伴偷偷上那儿去了。就在大家穿越了一条孤寂的小路后，他们却把女孩一个人留在原地，然后奔向"更危险的地带"了。他们的腿就像兔子一样有力，奔跑起来就像风一样迅速，一会儿，一群小伙伴便不见了踪影。

  等他们走后，女孩惊慌失措地发现，再也找不到回家的那条孤寂的小道了。女孩像只无头的苍蝇，到处乱钻，衣裤上挂满了芒刺。太阳已经落山，而此时此刻，家里一定开始吃晚餐了，双亲正盼着女孩回家……想着想着，女孩不由得背靠着一棵树，伤心地呜呜大哭起来……

  突然，不远处传来了声声柳笛。女孩像找到了救星，急忙循声走去。一条小道边的树桩上坐着一位吹笛人，手里还正削着什么。女孩走近细看，他不就是被大家称为"乡巴佬"的卡廷吗？

  "你好，小家伙，"卡廷说，"看天气多美，你是出来散步的吧？"

女孩怯生生地点点头，答道："我要回家了。"女孩嘴上说着，但是脚下却不知道该朝哪儿走，因为其实她已经没有了任何的方向。看到平时自己不喜欢的卡廷，她也觉得很亲切。其实，她不想离开卡廷，否则又一个人跑回荒野一定是一件很恐怖的事情。

"请耐心等上几分钟，"卡廷说，"瞧，我正在削一支柳笛，差不多就要做好了，完工后就送给你吧！"卡廷的微笑是那么的轻松自然，就像女孩和他是认识很久的好朋友一样，一点儿也没有表现出对迷路的女孩嘲讽的意思。

卡廷边削边不时把尚未成形的柳笛放在嘴边试吹一下。没过多久，一支柳笛便递到了女孩手中。他俩儿在一阵清脆悦耳的笛音中，踏上了归途……

当时，女孩心中只充满感激，而今天，当女孩自己也成了母亲时，却突然领悟到他用心之良苦！那天当他听到女孩的哭声时，便判定女孩一定迷了路，但他并不想在孩子面前扮演"救星"的角色，于是吹响柳笛以便让女孩能发现他，并跟着他走出困境！为一个自己提供帮助的人想得这么周到，这不是任何人都能做到的。卡廷先生以乡下人的淳朴，保护了一个小女孩强烈的自尊。

成长课堂

虽然他是一个大家眼里的"乡巴佬"，但是他却有着一颗如此细腻的心，即便是为了提供给这个小女孩帮助，他也会仔细地想到她的内心感受，用巧妙的办法让她不会觉得尴尬，哪怕那只是一个迷路的六岁小女孩而已。

优秀女孩宣言

谨慎做好每一个细节，不让成功溜走。

读了这么多精彩的故事，和故事中的主人公比起来，你觉得自己能成为一个懂得关爱他人的女孩吗？不妨来训练营锻炼一下自己吧!

爱心急救

一个天气晴朗的周末，五(1)班集体出去野炊。同学们兴高采烈地在捡柴、生火、洗菜、切菜，突然，正在切菜的胡琴"哎哟"一声，大家循声望去，只见胡琴的手被菜刀切到了，鲜血直流。这时，同学们都围了过来，你一言我一语，都很着急，可是不知道该怎么办。这时米兰马上采取了行动，帮胡琴止住了血。

你能说出米兰大概是用的什么方法吗?

答案在114页

《过河游戏》答案:

把报纸撕开，分成几小张。然后，有以下方案可以参考:

1.几个人站在报纸上，一棒一棒像接力赛一样把其他人传递过去。

2.一个人背所有的人过去，前提是这个人力量足够大，当然，实在背不动了也可以换其他的人来背。

3.几个人站在报纸上，其他人踩着这些人的脚一个个依次走过去。

第六章
懂得合作分享的女孩有大智慧

以前的我

我一个人抱着爆米花吃得起劲，表妹在旁边看着。

我一手抱着爆米花一手摸着表妹说："小孩吃这个长蛀牙。"

现在的我

我拿着爆米花和表妹一起吃。

我们俩吃得更开心。

让女孩拥有良好习惯的 62个故事

以前的我

我和同学一起跳绳。

同学把绳交给我，我不接。

现在的我

我高兴地接过绳子。

我和另一个同学摇绳，让其他同学跳。

98

以前的我

学校大扫除时我端水洗抹布。

我把窗户擦成了大花脸。

我才不要跟他们一起做呢!

现在的我

我和同学分工合作,她负责擦窗户,我负责换水洗抹布。

我们满意地看着干净的窗户,笑了。

让女孩拥有良好习惯的 62 个故事

◀ 以前的我

同桌跟我借我最喜欢的漫画书。

我不愿意借给她。

◀ 现在的我

我打算把好书与同桌分享。

我爽快地把书借给同桌。

我的成长计划书

懂得合作分享的女孩有大智慧

妈妈总说我小气，唉，想想也是，我想得更多的是怎么能让自己吃好、玩好，怎么才能更轻松省事，搞集体活动时经常弄得大家不欢而散。我这样真的很不合群。再这样下去当然不行，我不想做离群的大雁。以后，我要这样做：

1. 把快乐的事情告诉身边的人，让别人跟我一起高兴。

2. 好吃的饭菜要多夹给爸爸妈妈吃。

3. 把我看过的课外书和同学们交换，我就可以看更多的课外书了。

4. "两人三足"的游戏我和同组的同学要很好地配合，才能得第一名。

5. 练习大合唱的时候，我不能只顾自己飙高音了。

6. 跟同学一起主持班上的联欢会，我不再只顾着自己说了，要留出时间给搭档说。

越分享越美丽

　　贝蒂是一个精明能干的荷兰花草商人，从遥远的非洲引进了一种名贵的花卉，培育在自己的花圃里，准备到时候卖个好价钱。对这种名贵的花卉，贝蒂爱护备至，许多亲朋好友向她索要，一向慷慨大方的她却连一粒种子也不给。她计划培育3年，等拥有上万株后再开始出售和馈赠。

　　第一年的春天，她的花开了，花圃里万紫千红，那种名贵的花开得尤其漂亮，就像缕缕明媚的阳光。第二年的春天，她的这种名贵的花已培育出了五六千株，但她和朋友们发现，今年的花没有去年开得好，花朵略小不说，还有一点点的杂色。到了第三年的春天，她的名贵的花已经繁育出了上万株，令贝蒂沮丧的是，那些名贵花的花朵已经变得更小，花色也差多了，完全没有了它在非洲时的那种雍容和高贵。当然，她也没能靠这些花赚上一大笔。

　　难道这些花退化了吗？可非洲人年年种植这种花，大面积、年复一年地种植，并没有见过这种花会退化呀。百思不得其解，她便去请教一位植物学家。植物学家拄着拐杖来到她的花圃看了看，问她："你这花圃隔壁是什么？"

　　她说："隔壁是别人的花圃。"

　　植物学家又问她："他们种植的也是这种花吗？"

　　她摇摇头说："这种花在全荷兰，甚至整个欧洲也只有我一个人有，他们的花圃里都是些郁金香、玫瑰、金盏菊之类的普通花卉。"

植物学家沉吟了半天说："我知道你这名贵之花不再名贵的致命秘密了。"植物学家接着说，"尽管你的花圃里种满了这种名贵之花，但和你的花圃毗邻的花圃却种植着其他花卉，你的这种名贵之花被风传授了花粉后，又染上了毗邻花圃里的其他品种的花粉，所以你的名贵之花一年不如一年，越来越不雍容华贵了。"

　　贝蒂问植物学家该怎么办，植物学家说："谁能阻挡住风传授花粉呢？要想使你的名贵之花不失本色，只有一种办法，那就是让你邻居的花圃里也都种上这种花。"

　　于是贝蒂把自己的花种分给了自己的邻居。次年春天花开的时候，贝蒂和邻居的花圃几乎成了这种名贵之花的海洋——花朵又肥又大，花色典雅，朵朵流光溢彩、雍容华贵。这些花一上市，便被抢购一空，贝蒂和她的邻居都发了大财。

成长课堂

　　要想拥有一片高贵的花的海洋，就必须与人分享美丽，同大家共同培植美丽。只有这样，我们才能保持自身的纯洁和华贵。懂得分享是智慧，把快乐与人分享，快乐将增加一倍，我们要摒弃自私，做一个会耕耘双倍快乐的人。

优秀女孩宣言

　　看来，有时候分享不是"应该"，而是"必须"。

一个苹果 一生情

著名影星潘虹五岁那年，外婆带她去舅舅家玩。舅舅拿了两个苹果给她，用来招待自己的小客人。

苹果又红又大，闪着诱人的光泽，好看极了。别说吃，单是闻那股香甜味，就叫人心里美美的。那年头，苹果还真是孩子们不常吃的好东西。

这两个苹果本来是舅舅留给自己的独生女儿，也就是留给潘虹表姐的。表姐是父母的掌上明珠，是家里娇宠惯了的小公主。

但潘虹并不知道苹果是留给表姐的，兴奋地接过来，乖乖地坐到一边。她左看右看，实在舍不得吃，就把它们捧在手里。

九岁的表姐放学回到家，看到果篮里空空的，心爱的苹果已不翼而飞了，顿时急得直跺脚，不停地叫着："我的苹果呢？我的苹果呢？"

"苹果在这里。"潘虹一边怯怯地说，一边伸出一只小手，手上托着一个又香又红的大苹果。

"喏，给你。"潘虹将更大更红的那一个递给表姐。

表姐高兴地接过苹果，定定地看了表妹一会儿，然后很认真地说："今后不管我有什么，一定要给你一份。"

潘虹回忆说："那一刻，表姐必是觉得欠了表妹许多。当然，这种思维，只属于孩子，不属于成人。"

表姐长大了，快结婚了。未婚夫要给她买婚戒，她对款式、价格都没有要求，唯一的要求，就是买两份，要一模一样的。她要把自己的幸福，也分一半给表妹。

女孩卡片

不羁的塞维利亚

这里是唐璜、卡门的故乡，是弗拉明戈的诞生地，这里是西班牙文化的精髓之所在。浮华、风流、热情，没有固定的主题，一切都有可能发生。深深窄巷，两旁是摩尔人风格的房屋，昔日阿拉伯古城的幻影依稀可见，任由你徘徊……据说这还是水瓶座人最适合居住的城市哦，喜欢标新立异的水瓶徘徊在这个让人无限遐想的奇特城市，不知究竟是你叛逆的性格塑造了她，还是她的不羁塑造了你？

多少年过去了，潘虹成了大明星。表姐仍一如既往，每年圣诞节都从加拿大给潘虹寄圣诞礼物。就连表姐的孩子们也养成了习惯，凡是送给妈妈的礼物，也一定要给他们的潘虹阿姨一份。

潘虹深有感触地说："就为了那一个红苹果，就为了我的一次谦让，表姐还了我一生的情。其实，这一个让出去的红苹果，不仅让我赚得了表姐一生的情，也直观地教给了我一个为人处世的道理。在得到和失去之间，愿意付出的人，付出得越多得到的也会越多；不愿付出只想得到的人，却最终什么也得不到。吃亏是福，让我受用一生。"

成长课堂

分享不在乎东西的多少或珍贵与否，而在于是否舍得。如果舍得，那即使是微小的东西，也可以赢得一生的友谊。甚至，就像微笑一样，你送出一个，自己会得到更多。独乐乐，不如与人同乐。

优秀女孩宣言

有两个水果，如果独自享受，我们只能品尝一种水果的美味；如果两人分享，我们就能品尝两种水果的美味了。

钓鱼高手

在河边有一男一女两个钓鱼高手一起钓鱼。这两个人各凭本事，一展身手，隔不了多久，均大有收获。这两位都是长期在这里钓鱼的伙伴，都拥有着卓越的钓鱼技巧，他们在长期的实践中，摸索出了适合各自的方法，也摸索清楚了这条河里的鱼儿们的习性，从而每次出来钓鱼，他们都可以满载而归。

忽然间，鱼池附近来了十多名游客，看到这两位钓鱼高手轻轻松松就把鱼钓上来，不免感到有几分羡慕，于是都到附近买了一些钓竿来试试。没想到，这些不善此道的游客，怎么钓也是毫无结果。他们一个个都很着急，有些人把鱼钩甩进河里，但是只钓到水草，有些人只要浮标一动就会大呼小叫，结果把可能上钩的鱼都给吓跑了。他们一边嘲笑着彼此的钓鱼技术太烂，一边对边上的两位高手投去羡慕的目光。

话说那两位钓鱼高手，两人的个性相当不同，其中男的这位高手，孤僻而不爱搭理人，只顾自己独钓之乐；而另一位女的高手，却是一个热心、豪放、爱交朋友的人。爱交朋友的这位女高手，看到游客也在钓鱼，就说："这样吧，我来教你们钓鱼，如果你们学会了我传授的诀窍，而钓到一大堆鱼时，每十尾就分给

我一尾。不满十尾就不必给我。"钓鱼的客人们听到了女高手的这个提议，大为开心，他们本来就是希望可以体验钓鱼的乐趣的，十尾分一尾的方式也是每个人都可以接受的，于是大家欣然同意。

教完这一群人，热心的女钓鱼高手又去到另一群人中，同样也给他们传授钓鱼术，依然要求每钓十尾须回馈她一尾。她来来回回地奔走着，每到一处大家都欢呼着迎接她，向她讨教钓鱼的方法和技巧，每次钓上来一条鱼，他们都开心得不得了，大声地向传授自己技术的女高手表达着感谢。

一天下来，这位热心助人的女钓鱼高手，把所有时间都用于指导垂钓者，她从游客处回馈的竟也是满满一箩筐的鱼。而且迎接她的是一阵阵兴奋的叫声、惊叹与赞美，还因而认识了一大群新朋友。同时，左一声"老师"，右一声"老师"，备受尊崇。另一方面，同来的另一位钓鱼高手，却没享受到这种服务人群的乐趣。当大家围绕着其同伴学钓鱼时，那人更显得孤单落寞。闷钓一整天，检视竹篓里的鱼，收获也没有同伴的多。

成长课堂

　　钓鱼是一个充满了技术性的活动，有经验的钓者可以在短时间内收获很多，而没有经验的人只好干着急了。和一群没有任何技术的游客合作，看上去，这位高手似乎在浪费时间，可是当她提起满满的鱼篓的时候，大家才能发现这种合作其实并非没有意义。

优秀女孩宣言

　　只要我付出热情，合作可以创造更好的结果。

母亲的哲学

小时候，每到夏天，母亲就会带着我到村西边的那块田里种上几分地的黄豆。种黄豆比较省事，只需锄两遍地，然后就耐心地等待着秋后收割。只不过，在有些黄豆地里会生出一种奇怪的植物——菟丝子。它们柔长的茎蔓，像坚实的铁链一样，将它们攀缘过的黄豆紧紧地拢在一起。

有一次，我跟母亲到黄豆地里去薅菟丝子。我自以为是地说："既然它们没有生根，长在豆地里就不会碍事，咱干吗还要费事薅呢？"

母亲却告诉我说："事情可不像你说的这样轻巧，它们拢住哪一棵豆子，哪一棵豆子就会枯死。"

待薅到地头的时候，母亲故意留下了一小棵菟丝子没有清除。

秋后，黄豆熟透的时候，母亲指着地头一小圈早已枯死的黄豆秸对我说："这次你看到了吧，即使一棵小小的菟丝子，也会毁掉一片豆子。"

以后，每到黄豆生长的旺季，我都要和母亲一起到黄豆地里去，仔细地清除掉里面的每一棵菟丝子。

麦子熟透的时候，那些地处偏僻的麦子，是无法用收割机进行收割的。这个时候，只好采用人工收割。母亲负责用镰刀割麦子和打捆，我则负责用独轮车往家运麦子。

在推第一车麦子的时候，母亲总是把车子装得满满的。当我推回家之后，已是大汗淋漓。推第二车的时候，母亲就会少装一捆。尽管只是减轻了一捆的分量，但在路上，我仍然能够感觉出轻快。之后，每推一车，母亲都

108

会继续给我少装一捆。

　　眼瞅着一地的麦子捆，被我一车车地推回家里，而我竟然越干越起劲。我甚至想象着，照这样继续推下去，最后一车可能只剩下一捆的情景。

　　为此，我曾不解地问过母亲："推第一车的时候，您为什么给我装那么多，而以后却越装越少了呢？"

　　母亲笑着说："你推回一车麦子，就应该给你一次奖赏。如果越推越重，也许你推不了几车就没有信心了。"

　　我上高中的时候，是在学校住宿，因而每个星期只能回家一次。每到星期天下午准备返校的时候，母亲就会为我煮一大包"多味花生米"，还要烙上一摞香喷喷的千层饼，让我带到学校吃。

　　有一次，我嫌费事，便对母亲说："以后不用做那么多，水煮的花生米几天吃不了就会坏；千层饼更是不能久放，隔一天不吃，就风干了。"

　　母亲反问我道："既然你知道它们存放不了多长时间，为什么不分给同学一点儿呢？"

　　以后，我每次回到学校，都要把母亲为我做的多味花生米和千层饼拿出来，与舍友们一起分享。

　　渐渐地，在我们宿舍形成了这样一种风气，无论谁回家带回来好吃的，都会无私地拿出来跟大家一起分享。

成长课堂

　　人生如同一个迷宫，一不小心便会让你迷失前进的方向，而母亲就是我们成长的领路人，她用自己最简单的语言和最简朴的行为向子女传授着那充满智慧的做人哲学，引导我们走向光明的人生出口。

优秀女孩宣言

　　把我喜欢的东西与朋友一起分享，一定连空气也是甜的。

你与之交往的人

就是你的未来

　　在一个很美丽的村子里，住着一群很朴素的村民，他们都很友好。突然有一天，这里来了一个富有的太太，她带着她的家眷在这里盖了一座很漂亮的房子，之后，她便和这里的村民住到了一起……

　　一切也相安无事，因为她觉得村民很朴实，人也都很好，不像那些城里人都是那么虚假。她想，她是可以和他们友好相处的。而事实也的确如此，他们相处得很好。然而，后来的一件事，让她很是伤心……

　　那年快过年了，村子里有一家人办喜事，村子里很是热闹，她也为这快乐而快乐着。那位朴实的村民本来是想给全村人都送去一份代表幸福的糖果，当然也要给富太太送去一份，怎么说也是住在一起啊，怎么说也是喜事，要快乐就一起分享快乐嘛！他本来真的是这样想的。可是当他拿出那些糖果时，他却犹豫了。

　　因为他看着那些糖果，看着看着，他突然想到：这些糖果不知道那个富太太看不看得上，也不知道她会不会收，就是收了他不知道人家会不会高兴，会不会去吃……于是他作了决定：不给了吧，人家可能都不在乎的！

　　而那个富太太到底是怎么想的呢？她看到别的村民都陆陆续续拿到那代表幸福的糖果了，在那个村子里拿到幸福的糖果是件很快乐的事情，所以她也在家里等着自己的快乐到来……

可是她等了好久好久，那代表幸福的糖果还是没有到来，一直到那家人的喜事办完为止，她也没看到幸福的糖果……

威尼斯，为浪漫而生

水城威尼斯，可以说是为浪漫而生的。如果说，每个人一辈子都梦想着去一趟巴黎，那么巴黎人一辈子都梦想去的地方就是威尼斯。威尼斯的风情总离不开"水"，蜿蜒的水巷，流动的清波，她就好像一个漂浮在酽酽碧波上的浪漫梦，诗情画意久久挥之不去。河边有拜占庭风格、哥特风格、巴洛克风格、威尼斯式等建筑，所有的建筑地基都淹没在水中，看起来就像水中升起的一座艺术长廊。

后来的后来，她知道了原因，她对那些村民说："其实人有时候吃的并不一定是那样东西的本身，而是在吃它后面所看不见的东西——那就是人与人之间的感情！不管那些糖果有多不好，不管它们有多么廉价，我也还是想要收到那样的糖果，就是一颗也足以让我感到快乐！因为，我所感受到的不仅仅是一颗糖果的甜，我还看到了它背后所包含的，将快乐和所有人分享——而这，才是最重要的！"

成长课堂

分享快乐，没有贵贱之分，予人快乐就是给自己快乐。人与人之间需要这样的感情，与朋友、亲人、同学分享每一次的快乐，都能将这快乐无限放大。朋友们，把你藏在口袋里的快乐统统拿出来吧，你会得到比这快乐多得多的东西。

优秀女孩宣言

我也要把我的快乐都拿出来，和朋友们分享，让他们得到和我一样的快乐。

111

分享花园

　　贝尔太太是美国一位有钱的妇人，她在亚特兰大城外修了一座花园。花园又大又美，吸引了许多游客，他们毫无顾忌地跑到贝尔太太的花园里游玩。年轻人在绿草如茵的草坪上跳起了欢快的舞蹈；小孩子扎进花丛中捕捉蝴蝶；老人坐在池塘边垂钓；有人甚至在花园当中支起了帐篷，打算在此过他们浪漫的盛夏之夜。贝尔太太站在窗前，看着这群快乐得忘乎所以的人们，看着他们在属于她的园子里尽情地唱歌、跳舞、欢笑。她越看越生气，就叫仆人在园门外挂了一块牌子，上面写着：私人花园，未经允许，请勿入内。可是这一点儿也不管用，那些人还是成群结队地走进花园里游玩。贝尔太太只好让仆人前去阻拦，结果发生了争执，有人竟拆走了花园的篱笆墙。

　　后来贝尔太太想出了一个绝妙的主意，她让仆人把园门外的那块牌子取

下来，换上了一块新牌子，上面写着：欢迎你们来此游玩，为了安全起见，本园的主人特别提醒大家，花园的草丛中有一种毒蛇。如果哪位不慎被毒蛇咬伤，请在半小时内采取紧急救治措施，否则性命难保。最后告诉大家，离此地最近的一家医院在威尔镇，驱车大约50分钟即到。

这真是一个绝妙的主意，那些贪玩儿的游客看了这块牌子后，对这座美丽的花园望而却步了。可是几年后，游人再往贝尔太太的花园去，却发现那里因为园子太大、走动的人太少而真的杂草丛生，毒蛇横行，几乎荒芜了。孤独、寂寞的贝尔太太守着她的大花园，怀念着那些曾经来她的园子里玩儿的快乐的游客。

我们每个人心中都有一个美丽的大花园。如果我们愿意让别人在此种植快乐，同时也让这份快乐滋润自己，那么我们心灵的花园就永远不会荒芜。不要让心灵被财富俘虏而忘了仁爱，财富的意义并不是自己完全占有，如果要得到快乐和幸福，还要有一颗仁爱的心。将自己的财富适当地与他人分享，仁爱可以让地狱变成天堂，仁爱能让心中的花园永远美丽，仁爱是让你快乐的法则，只有仁爱，才能胸襟开阔，热情友善，乐于助人。

成长课堂

聪明的人懂得善待别人。真诚地与他人分享自己的快乐，是一种受人尊敬的美德。让我们将不值得记住的事情统统交给沙滩吧，让海水卷走那些不快和私心，伴随着新一轮朝日诞生的是你无忧的笑脸、无瑕的心。

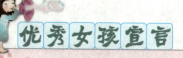

让嫉妒与自私随风而逝！

优秀女孩
训练营

读了这么多精彩的故事，和故事中的主人公比起来，你觉得自己能成为一个善于合作分享的女孩吗？不妨来训练营锻炼一下自己吧!

过河游戏

六年级 (3) 班在活动课上玩了一次有趣的过河游戏。所谓的过河游戏，就是每组分一张2开的报纸，要让全组人脚不沾地地全部走过那段草地（虚拟的），费时最少的小组获胜。

最后，易琴他们这一组获得了胜利，你能想到一些什么样的方法来过河呢？

答案在96页

《爱心急救》答案：

米兰先用手紧紧压住胡琴的伤口，然后叫同学倒了一小杯刚才他们烧的开水，在水里又倒了一点儿盐。米兰用盐水给胡琴清洗了一下伤口，最后在自己很长很长的衣服上撕了一小块布，帮胡琴把伤口扎起来，这时，胡琴的手除了有一点点痛之外，没有再出血了。

碰到类似的情形，如果是在家里，你就有更多的办法可想了。

在家里，只需用家庭常备的消毒液，按比例用冷开水或蒸馏水稀释后冲洗伤口，再涂上药水或简单包扎即可。

第七章
珍惜时间的女孩会有更多收获

▶ 以前的我

自习课上，我困得直点头。

算了，作业还是回家再做吧！

我直接伏案睡觉。

▶ 现在的我

打起精神来，计划今天还要背10个单词呢！

上自习时，我有点儿困了。

我打起精神来背单词。

以前的我

可可，该练习画画了！

我在玩网络游戏，妈妈在叫我。

再玩10分钟就下线。

我头也不抬地和妈妈说话。

现在的我

我在玩网络，闹钟在响。

我立即关了电脑，准备画画。

以前的我

我和爸爸妈妈一起吃饭，我边吃边看电视。

反正我已经做完作业了，不着急。

剩下我一个人边吃边看电视。

现在的我

全家人一起吃饭时不开电视。

赶紧吃完饭就可以看书了。

我埋头吃饭。

117

以前的我

闹钟在7:30的时候响起，我才懒洋洋地起床。

我站在教室门口，受到了老师的批评。

现在的我

闹钟在7:00的时候响起，我起床了。

我坐在教室里等待上课。

我的成长计划书

珍惜时间的女孩会有更多收获

我总觉得我有用不完的时间，但是现在我才发现，有时候我完全可以更合理地利用时间完成更多的事。光阴似箭啊，不知不觉中我已经浪费了很多宝贵的时间，我该把每天的时间都合理安排，充分利用起来。以后，我要这样做：

1. 把看电视的时间用来看书，我会学到更多知识。

2. 即使周末也不睡懒觉，一日之计在于晨。

3. 戒除网络游戏可以为我节省不少的学习时间。

4. "今日事，今日毕"，因为明天的时间还要用在它该用的地方。

5. 出门坐车的时候，我可以带着MP3听一些英语朗读，练习听力。

6. 放学路上我再也不逗留了，这样

太浪费时间。

沙 漏

　　沙漏原来不在于你买不买它，而在于你自己是否是一个懂得珍惜时间的人。

　　朋友买了一个沙漏，很精致。我说把沙漏放在客厅的工艺架上肯定很有格调。朋友说："我可不是把它当作工艺品买来的，而是为了给自己一点儿压力。"她解释说：自己参加了自学考试，可是根本没时间看书，她准备把这个沙漏放在书桌上，用它来衡量时间。看着沙子慢慢在流，你就会想着时间是一去不复返的，就会珍惜时间，就会关了电脑游戏，回绝朋友无关紧要的聚会等。

　　我说这个主意真好，我也想买一个，在哪儿买的？她说在小商品市场最靠边的一个摊位，她是跑遍了整个市场才找到的。朋友和我站在街上讨论那个沙漏，最后提议：我们到前面的那个冷饮店坐一会儿。

　　到了冷饮店，朋友取出了笔，撕了一张报纸，在报纸上给我画了草图，标出了那个摊位的方向。然后我们开始享用一大杯冷饮。外面的阳光很猛，里面的空调很足，所以我们都不约而同地多坐了一会儿。

　　除了沙漏，我们还在冷饮店谈了各自的工作、儿子和房价的话题，之后才告别。出门的时候，朋友看了看表，大呼一声："都5点了！坏了，今天轮到我接儿子。"她拦了一辆的士，一阵风似的走了。

　　我一下子醒悟过来，站在那里，觉得不可思议，我们热烈地谈沙漏、谈时间的宝贵，可两人却在冷饮店里坐了一个多小时，谈了那么多的废话。

这是一个多么可笑的行为，珍惜时间的沙漏只是成为了我们之间的一个话题，虽然我们都希望可以借着它的力量让我们挽回一些失去的时光，然而我们却依旧在浪费着自己的时间。也许只有当我们发现的那一刻，才会后悔，可是等我们后悔的时候，时光已经一去不回，就好像此刻，我们已经无法回到见面之前的时间。我们完全可以把喝冷饮聊天的一个多小时放在更有意义的事情上，可是很显然，我们都失去了这个机会。

后来，我也去买了一个沙漏。一个小小的沙漏，就这样静静地站在了我的桌子上，我望着它，想着自己还有多少时间可以用来学习、写作和提高自己，而每次看到它，我都会想起和朋友在冷饮店聊起它的时候，一边闲聊一边浪费时间的情景，想到这些，我就会赶紧拿起书本，做自己应该做的事情。这才是沙漏原本应该要我做的事情吧。

成长课堂

　　一个沙漏的意义是衡量时间，但更深层次的意义是：从此刻起，让我们停止浪费时间。每一个人都把节约时间放在嘴上，说得不亦乐乎，而又有多少人把这种理念化为行动呢？只有变成行动的珍惜，才能真正让我们做到节约自己生命中那些宝贵的时间。

优秀女孩宣言

　　　珍惜时间不能只是说说而已，更重要的是付诸行动。

在她的生命中，我从来没有见过她像今天这样珍惜一分钟。

深夜，危重病房里，癌症患者迎来了她生命中的最后一分钟，死神如期来到了她的身边。

隔着氧气罩，她含糊地对死神说："再给我一分钟，好吗？"

死神问："你要这一分钟干什么？"

她说："我要用这一分钟，最后一次看看天，看看地，想想我的朋友和敌人，或者听一片树叶从树枝上飞落到地上的那一声叹息；运气好的话，我也许还能看到一朵花儿的美丽盛开……"

死神说："你的想法不坏，但我不能答应你。因为这一切，我都留了时间给你欣赏，你却没有珍惜。在你的生命中，我从来没有见过你像今天这样珍惜一分钟。不信，你看一下我给你列的这一份账单：

你60年的生命中，有一半时间在睡觉，这不怪你，这30年权且算是我占了你的便宜。

"在余下的30年中，你叹息时间过得太慢的次数一共是1万次，平均每天1次，这其中包括你少年时代在课堂上、青年时期在约会的长椅上、中年时期下班前和壮年时期等待升迁仕途上的叹息。在你的生命中，你几乎每天都觉得时间太慢、太难熬，你也因此想出了许许多多排遣无聊、消磨时间的办

珍惜每一分钟

DREAM

法，其明细账大致可罗列如下——

打麻将(以每天2小时计)，从青年到老年，你一共耗去了6500小时，折合成分钟是39万分钟。

"闲逛，每次以1小时计(实际远非这个数)，从青年到老年，也不低于打麻将的时间。

"此外，同事之间的应酬、上班时间闲聊、上网玩游戏，又耗去你不低于打麻将和喝酒的时间……

"还有……"

死神想继续往下念的时候，发现病人的生命之火已经熄灭了。于是他长叹一口气说："如果你活着时能想着节约一分钟的话，你就可以听完我给你记下的账单了。真可惜，我辛辛苦苦的工作又白费了，世人怎么都是这样，总等不到我动手，就后悔得死了！"

成长课堂

　　有的人，在拥有时间的时候不懂得珍惜，等到光阴耗尽、年华老去，回想起被虚度的岁月时，才摇头叹息，悔恨自己以前没好好珍惜时间。可惜的是，生命只有一次，永远不会重来。所以，我们应该好好珍惜每一分每一秒，让生命的分分秒秒都无比精彩。

优秀女孩宣言

　　珍惜每一分钟，生命会变得更加精彩。

琳琳是一个9岁的小女孩，她总是嫌她的时间过得太慢，于是日夜祈祷，希望时间快一点儿过去，最好是省略掉她可能面对的所有困难，比如考试。

终于有一天，一位白胡子老头儿拿着时间布出现在她的面前，对她说："孩子，你渴望能够自己选择自己的时间，现在，我把属于你的时间交给你，你自己选择吧。"

时间布的样子很平常，只不过每隔一米就标上了年龄，从1岁到2岁，再到10岁，20岁……一直到生命的终止。时间布的用法也很简单，它只需要一枚针，把想省略的时间缝起来就可以了。只是，缝好的线将永远不能再打开，时间布是很容易打皱的。

琳琳得到了时间布，她很兴奋。应该省略哪一天呢？当然是明天，因为明天要考试。她拿起针，缝掉了第一个明天。于是她站在了操场上，和同学们一起跳皮筋。明天已经过去了，这是后天了，该死的考试已经和明天——啊不——应该是昨天一起缝进时间布里了。琳琳得意万分，之后呢，应该把这一学期都缝上，好直接到暑假，应该把做功课的时间都缝上，才可以一直玩儿下去。当一个孩子可真不容易，要学那么多功课，算了，把童年、少年时代都缝起来，把那些讨厌的唠叨和无休无止的功课都缝起来……

琳琳的时间布

琳琳立刻进入了青年时代，可她却穿着黑衣。原来，在这一年里，她家发生了很大的变故，母亲去世了，她失去了最爱的亲人。把孤独和贫穷都缝起来吧，把奋斗也缝起来吧，缝着缝着，琳琳成了一个成功的商人，金钱像流水一样向她涌来。可是这太慢了，琳琳拿起针，不停地缝下去，她要钱，更多的钱……这样，直到最后，时间布缝到了尽头，琳琳发现自己成

了一个老人，老得已经拿不动针了。

这一生就这样过去了吗？是的，已经说过了，时间布既然缝上了就不能再打开。时间布的故事伴着琳琳生命的结束而结束。

女孩卡片

奇瑞QQ

QQ整车造型时尚、灵巧、动感，线条简洁，广角前挡风玻璃与引擎机盖浑然一体，形成独特而动感的曲线；巧妙的车身腰线、精致的车顶弧线配合流线型的整体造型，明显宣示它的多功能用途；两侧的后视镜造型像是被微风抚触般流畅舒缓；明眸般闪亮的前后车灯更凸显了QQ的个性与雅趣。因此，这款车得到了众多年轻女性的青睐。

我们总觉得最美的风景是在前面，于是我们匆匆赶路，匆匆缝合。我们是不是应该珍惜今天，把握现在呢？

成长课堂

有位伟人说过：失去了现在，也就失去了未来。人的生命是有限的，今天过去了就不会再来，所以我们一定要牢牢地把握住现在，让每一分每一秒都过得有意义。只有这样，我们的人生才是丰盈的人生。

优秀女孩宣言

生命中的每一天都是宝贵的，艰难的时光也值得珍惜。

木板上的草莓

    海伦是一个可爱的小姑娘，可是她却有一个坏习惯，那就是她每做一件事情，都要花费大量的时间来抉择与准备，而不是马上行动，所以总是后悔不已。

    一天，邻居告诉她，史密斯家的牧场里有很好的草莓可以自由采摘，他愿意以每夸脱15美分的价格收购。海伦听到这个消息后，高兴坏了，谢过邻居，马上回家准备。

    到了家里，她不是立刻找出篮子准备出门，而是在家里埋头计算采5夸脱草莓可以挣多少钱。她拿出一支笔和一块小木板，认真计算起来，结果是75美分。

    "要是能采10夸脱呢？"她满怀希望地想着，"那我又能赚多少钱呢？"

    "上帝呀！"她得出了答案，"我能得到1美元50美分呢。我可以买回那条我向往已久的裙子了，它就挂在镇上贝迪的服饰店里。"想到那件衣服，海伦的心里充满了喜悦，她一边想象着自己穿上那件衣服是多么的美丽，一边想象着别人看到自己的时候，会用什么样羡慕的眼神。这种想象让她很沉醉。

    海伦接着算下去，"要是我采了50、100、200夸脱，我会得到多少钱？哇，那样的话，我还可以给妈妈买一双袜子，给妹妹买些糖果……"是的，妈妈需要一双袜子，重要的是，这双袜子还是自己送给妈妈的，妹妹也一定会很开心，因为姐姐送给她的糖果，那是多么甜啊！想到这些，海伦的脸上不由得浮现出满足的笑容。可是她没有注意到时间已经一分一秒地过去了。

    她将一早上的时间都浪费在

计算这些毫无意义的数字上，转眼已经到了吃午饭的时间，她只得下午再去采草莓了。但她还是没有发现自己的问题出在哪儿，她对于自己可以采摘到很多的草莓充满了信心。

海伦吃过午饭后，急急忙忙地拿起篮子向牧场赶去。到那里时，她发现大家早就把好的草莓都摘光了，只剩下一些还没有成熟的草莓。可怜的小海伦最终只采到了1夸脱小草莓，自然一切幻想都泡汤了。

有梦想是一件很好的事情，但是有了梦想而只是沉浸其中而不抓紧时间去实践却是不可取的。海伦的美梦是多么的美好，而她缺乏的是时机的意识，而时机正是实现自己梦想的重要因素。与时间擦肩而过后，就只能让梦想停留在梦的阶段，而得到的只有无限的失落。

成长课堂

如果你决定做一件事，那么就应该立刻行动起来，时间可不会等你。如果你只想不做，让时间白白从你身边流过，你是不会有任何收获的。不要将你的想法停留在幻想的表面，马上付诸实践吧，让你的想法尽快变成现实！

优秀女孩宣言

做一件事情，一定要充分利用每一分每一秒，因为当你停下来的时候，时间已经无情地溜走了。

浪费了
谁的时间

我们以为大学是供我们尽情放纵的天堂，却在麻痹中遗失了人生最为宝贵的东西。

上大学时，我们的体育老师是一个典型的"80后"：戴宽边眼镜，喜欢Hip-hop，说话时不时夹几句英文。冲着她的幽默，许多女生都选了她教的街舞课，我也不例外。不过这并不是全部原因，我们都在心里打着自己的小算盘：一个只知道嘻嘻哈哈的小老师一定不会要求太严的，体育课从此就轻松多了。正式上课后，我们才发现自己大错特错了！她会充分利用上课的每一分钟，不停地热身、跳舞，让我们叫苦不迭。可没办法，谁让自己大意了呢！

有一次街舞课，一向激情四射的她居然沉默不语，上课后也没有像往常一样把我们集合起来，而是在操场的周围徘徊着，似乎我们的课程与她无关。我们心里偷乐：嘿！肯定是失恋了！谁让你平时对我们那么严格，现在伤心了吧！没多久，几乎所有的人都开始肆无忌惮地聊天，更有甚者直接溜出了操场。

半个小时后，她集合了剩余的人，说了一段足以让我铭记终生的话。

"你们肯定会奇怪，为什么今天我没有像往常一样组织大家上课。不少人偷偷观察我的反应，其实，我也在注意着你们。我没有组织上课的时间里，你们完全可以自己复习学过的动作，哪怕只是热热身也好。可上课5分钟后，有人开始窃窃私语；10分钟后，你们中的大部分高声谈笑；20分钟后，有人干脆离开了这里。你们觉得很开心，因为紧凑的体育课上有了难得的半小时的休闲时刻。只是，我想问问诸位，你们究竟浪费了谁的时间？

"现在我提一个问题：谁知道大学里一节课要多少钱？"

我们一个个目瞪口呆。真的，上大学一年半了，还真没算过这笔账！

她看着我们茫然的表情，摇摇头，继续说："我帮你们算算吧！上大学的所有费用加起来，平均到每节课里，你们每个小时需要付费40元人民币。很多人羡慕国外的教学氛围，认为那里宽松、自由。可自由并不代表松懈！国外的学生确实可以在课上吃东西，但他们是为了把吃饭的时间节省下来，去做类似查资料、做课题等更重要的事情。我不反对你们在大学里逃课、打工、恋爱，但在你们洋洋自得的时候，我建议你们问问自己，究竟浪费了谁的时间？

"有一位著名的大学教授曾说过，'大学就像一条甘泉，极少的人开怀畅饮，更多的人悠然吮咂，绝大多数人只是漱漱口。'我希望我的学生都是开怀畅饮的人……"

我被深深震撼了。就在我们为逃课没被点到名而庆幸的时候；就在我们为打零工挣到零花钱而得意的时候；就在我们为恋爱中的鸡毛蒜皮吵得不可开交的时候，时间就这样轻易地溜走了。我们以为大学是供我们尽情放纵的天堂，却在麻痹中遗失了人生最为宝贵的东西。

还好那节课我没有提前走掉，还好我及时听到了老师的话。每当我在暂时的安逸中迷失自我的时候，都会有一个声音在我耳边响起：你究竟浪费了谁的时间？

成长课堂

小时候，我们盼望着长大，希望从此不用上学，长大后才后悔小时候没好好学习，以至于现在什么也不懂。这时候才发现，原来我们浪费了一生中最宝贵的时光。与其花大量时间去玩耍，为什么不把时间用来好好充实自己，让自己变得更棒呢？

优秀女孩宣言

最宝贵的时光，要用在最需要的地方，生活才会更有意义。

每天十分钟

　　思云毕业后到一家中学教音乐课，她经常听到一位老师弹《致爱丽丝》，在空旷的琴房里，音质之纯美是家中那套音响根本不能演绎出来的，那感觉很妙。她很佩服，问这位老师："你好！你的这首乐曲弹得太好了。请问，你能这样熟悉地演奏这首《致爱丽丝》花了多长时间？"

　　这位老师微笑着说："10分钟。"思云一愣，心说你开玩笑吧。这位老师看出了她的心思，就又笑着说："是真的，不过我说的是每天10分钟。"接着她向思云介绍了她的情况。原来，她是一位语文老师，3年前，一家私人企业捐赠了一架钢琴，后来一直放在了琴房里。而学校里的音乐老师嫌学校待遇低，走了。于是，她便成了这架钢琴的保管者。从那时起，她便决定学弹钢琴。每次课间10分钟，她就冲到琴房里练练，从最初的音阶开始。不过，她只有10分钟，10分钟之后，上课铃一响，她就得停止。

Good!

旁边一位老师告诉思云："一位前来听课的大学毕业的音乐教师偶尔听到她弹的那首钢琴曲，也只听出了一个音符没有弹好，其余的就无懈可击了，音乐教师认为那个演奏者必是科班出身呢。"

思云佩服之余不禁陷入了沉思：10分钟能做什么呢，是伸个懒腰喝口茶的时间，是闲聊打趣的时间，但她却让一位科班出身的音乐行家失算了。

眼前的这位老师，其实并不具备一个钢琴家的天赋，她的手不修长，她也没有从小学习音律。但是她只是付出了每天的10分钟，却弹奏出了让行家都失色的音符。这一点不得不说是一个奇迹。可是这真的是一个奇迹吗？思云心想，不，这不是奇迹，这是这位老师每天的勤奋付出所得到的一个结果而已，她应该得到这样的结果，这并不是从天而降的奇迹，而是她的努力所得。

时间就像海绵里的水，只要我们去挤，总会有的。哪怕每天10分钟，那也是一笔很大的财富！当我们常常抱怨我们有很多抱负，却没有时间去实现时，其实我们缺少的并不是时间，而是我们对自己的追求不够执着，是我们不能让自己勤奋地朝目标前进！"不积小流，无以成江海！"从一点一滴开始实现自己的理想吧！只要你付出那一份勤奋，无需太多的时间，仅需10分钟，你就可以获得那一份甜蜜的成功。

 成长课堂

　　每天只是一个简短的十分钟，也许是我们闲聊的一个课间，也许是我们做白日梦的一个瞬间，时间就是这么短促，可是在这短促的时间里付出了辛勤劳动的人，却慢慢地收获着成功，这是让我们羡慕的，也是让我们反思的。

优秀女孩宣言

　　如果我没有获得自己想要的成功，我应该问自己是否足够勤奋呢？

131

读了这么多精彩的故事，和故事中的主人公比起来，你觉得自己能成为一个珍惜时间的女孩吗？不妨来训练营锻炼一下自己吧！

杨振华的"宝物"

1998年11月，在美国洛杉矶。"SBA能够同时诱导多种癌细胞自行凋亡，而正常细胞则安然无恙……"之后，来自美国南加州大学医学院病理实验室、美国圣地亚哥抗癌公司和我国福建医科大学药理教研室的实验报告相继证明了这一消息的可靠性。一时间，SBA及其发明者——我国女科学家杨振华成了人们关注的焦点。

杨振华成了大家的骄傲和学习的榜样，在记者采访她的时候，她提到自己少年时期求学的时候，用过一个"宝物"，这点引起了记者的兴趣。就是这个宝物，让杨振华从小就比别人进步速度快，节省了很多的时间，而且还获得了不小的成绩。而且这个"宝物"古代史学家司马迁也用过。

同学们，你们知道是什么"宝物"让杨振华节省时间的吗？

答案在78页

《谦虚适度学问深》答案：

在课堂上，随意地插嘴不仅打断了老师的讲课，而且也影响了其他同学的思维，是很不礼貌、很不谦虚的行为。我们应该先听老师讲完，有问题再举手提问。

无论是在听课还是在其他场合，与人交流时我们都要先认真听别人把话讲完，这样才算谦逊有礼。然后，我们可以发表自己的看法，展现自己的思想和才华，但也不能过于炫耀，不然别人会认为你很轻狂。

碰到自己擅长的事情时，过度谦虚会使自己的才华被掩埋，所以，应当学会积极主动地表现，争取为集体贡献自己的力量。

考试考得好时，心态也要平和。不要在考得差的同学面前大肆炫耀，也不要经常挂在嘴边，毕竟成绩只属于过去。

第八章

善于思考，做个聪明有内涵的女孩

▶ 以前的我

我在灌开水的时候不小心烫伤了手，疼得我直掉眼泪。

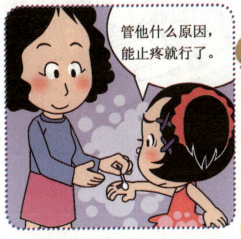

管他什么原因，能止疼就行了。

妈妈给我的伤口抹上牙膏，问我知不知道原因，我摇头。

▶ 现在的我

我觉得很好奇，妈妈让我自己去查资料找答案。

我自己上网查找答案。

133

以前的我

这道题真难做，我眉头紧锁。

我马上起身去问爸爸。

现在的我

遇到难题，我一遍遍地不停演算。

解决了一道难题，我兴奋地跳了起来。

以前的我

聊天时，有的同学说"吃巧克力不会长胖"，有的同学却说"肯定会长胖。"

我赶紧回家把巧克力都扔了。

现在的我

我对同学们的说法表示疑问。

我去妈妈的书柜找出相关书籍寻找答案。

以前的我

我正准备用一支原子笔写字时，却发现用不了。

我把原子笔扔进垃圾桶里，出去买新的了。

现在的我

我拿着这支原子笔想：要怎样才能把它修好呢？

我用热水泡原子笔。

136

智商测试时我得了120分呢，可是我却经常空着难做的题在那里不做，为此，没少挨老师的批评，谁叫我总是懒得动脑筋呢？真是浪费了爸妈给我的天赋啊！为了对得起我优秀的大脑，从明天起，我就要每天思维转转转了！

1. 碰到难题先自己开动脑筋。

2. 爸爸妈妈有什么小问题，我也帮忙出招。

3. 积极为班上的大事小事出谋划策。

4. 经常给老师的班级管理出点儿小点子。

5. 我要利用科学课上学到的知识，解决一些日常小问题。

6. 爸爸的笔记本电脑总是温度过热，

   我要帮他想个办法散热。

动脑的结果

雪莉当时只有16岁，在暑假将至的时候，她对爸爸说："爸爸，我不要整个夏天都向您伸手要钱，我要找个工作。"

父亲从震惊中恢复过来之后对雪莉说："好啊，雪莉，我会想办法给你找个工作，但是恐怕不容易。现在正是人浮于事的时候。"

"您没有弄清我的意思，我并不是要您给我找工作，我要自己来找。还有，请不要那么消极，虽然现在人浮于事，我还是可以找个工作。有些人总是可以找到工作的。"

"哪些人？"父亲带着怀疑问。

"那些会动脑筋的人。"女儿回答说。

雪莉在"事求人"广告栏上仔细寻找，找到了一个很适合她专长的工作。

广告上说找工作的人要在第二天早上8点钟到达12街一个地方。雪莉并没有等到8点钟，而在7点45分就到了那儿。可她看到已有20个女孩排在那里，她只是队伍中的第21名。

怎样才能引起特别注意而竞争成功呢？这是她的问题，她应该怎样处理这个问题？

根据雪莉所说，只有一件事可做——动脑筋思考。因此她进入了那最令人痛苦也是最令人快乐的程序——思考。

当真正思考的时候，总是会想出办法的，雪莉就想出了一个办法。

她拿出一张纸，在上面写了一些东西，然后折得整整齐齐，走向秘书小姐，恭敬地对她说："小姐，请你马上把这张纸条转交给你的老板，这非常重要。"

秘书小姐是一名老手，如果她是个普通的女孩，她就可能会说："算了吧，小姑娘，你回到队伍的第21个位子上等吧。"但是她不是普通的女孩，她凭直觉感到，这女孩身上散发出一种自信的气质。

她把纸条收下。

"好啊！"她说，"让我来看看这张纸条。"

她看后不禁微笑了起来，然后站起来，走进老板的办公室，把纸条放在老板的桌上。

老板看了也大声笑了起来，因为纸条上写着：

"先生，我排在队伍中第21位，在你没有看到我之前，请不要作出决定。"

她是不是得到了工作？她当然得到了工作，因为她很早就学会了动脑筋。一个会动脑筋思考的人总能掌握住问题，也能够解决它。

成长课堂

智者总会千方百计地达到他的目标。这位16岁的女孩虽然算不上智者，但她肯动脑筋的做法还是令人可佩可叹的。

优秀女孩宣言

做任何事，都要先动脑筋想想。

红光的来源

麦丹娜那种非常易于受欺骗的情形几乎远近闻名。她只知靠别人而且绝对地依赖别人，而她自己毫不费力思索。她那时在火车站做一个小小的助理工作，为车站的一些技术工人寻找他们需要的一些零件，为他们准备工具。这份工作似乎和她的个性很契合，因为她不需要思考这些工具要怎么用，而只需要在有人要用它的时候把工具递上去，就这么简单。在一个7月大热天的下午，位于山岩与河流之间的西岸车站热得就好像锅炉一样。有一个名叫比尔哥林斯的工头，叫麦丹娜去拿一点儿"红油"以备红灯之用。他说"红油"在离那儿1里远的圆房子里，麦丹娜很恭敬地听了工头的话，便一心朝着那个方向走去，以便完成她的任务。到了圆房子里，她就向那里的人要"红油"。她其实不知道"红油"是什么东西，也不知道它是用来做什么的，既然工头说它是用来点出红灯的，那么她就相信这就是"红油"的用途。

"'红油'？"那里的职员十分奇怪地问，"做什么用的呢？"

"点灯用的。"麦丹娜解释说。

"啊，我知道了。"那个职员心中明白了，"'红油'是在过去那个圆房子的油池里。"他说道。

于是麦丹娜又在那滚烫的焦煤碴上走了1里之远。那里的人告诉她"红油"并不在那里，而且不知道究竟是在哪里，最好到站长办公室里去问问。

于是麦丹娜又抬起脚走了。在火热的太阳下，她就这么走来走去地走了

一个下午。最后她着急了，便跑去问一个年老的工程师，这个慈祥的老工程师很怜悯地望着她说："孩子呀！你不知道那红光是红玻璃映出来的吗？你现在回到工头那里去和他理论吧！"

麦丹娜并没有回去和工头理论，因为她忽然觉得自己并不是第一次被这么愚弄了。而为什么相同的事情总是发生，这一切归根结底还是她自己的问题，她想先从自己身上把问题解决掉。

麦丹娜得到这次教训后，就发誓以后绝不像呆子般被人愚弄了还不知道。她决心将来做事要把眼睛和耳朵打开些，而且脑袋瓜也不再只是用来戴帽子。

不肯动脑的人就只能听命于别人。脑袋是用来思索的，不是用来戴帽子的。你不能仅仅依靠别人的话就采取行动，而是要用自己的脑子思索！

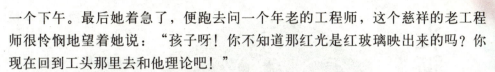

成长课堂

　　一个不思考而只是听从的人，很难理解别人的话的用意何在，也就必然会被愚弄。醒悟了的麦丹娜一定可以做出一番不小的成绩来，因为她要启用自己沉睡已久的大脑，不再让它休息了。有了思考的力量，她一定可以做出更多的事情来。

优秀女孩宣言

大脑是用来思考而不是仅仅用来戴帽子的。

有一次，日本松下公司要招聘一名高级女职员，一时应聘者如云。经过一番激烈的比拼，静子、慧子、珍子3位女士脱颖而出，成为最后的候选人。3个人都是名牌大学的高才生，又是各有千秋的美女，条件不相上下。她们都在小心翼翼地做着准备，力争使自己成为"笑到最后"的胜利者。

这天早上8点，3个人准时来到了公司人事部。人事部长给她们每人发了一套白色制服和一个精致的黑色公文包，说："这是你们的最后一轮考试。我要提醒你们的是，第一，总经理是个十分注重仪表的先生，而你们所穿的制服上都有一小块黑色的污点，怎样对付这个小污点，就是你们的考题。第二，总经理接见你们的时间是8点15分，10分钟以后，你们必须准时赶到总经理室。"

3个人马上行动起来。

静子用手反复去揩那块污点，反而把污点越弄越大，白色制服最终被弄得惨不忍睹。她央求人事部长能否给她再换一套制服，而人事部长只是非常抱歉地说："绝对不可以，而且，我认为，你没有必要到总经理室去面试了。"静子一下子愣住了，当知道自己已经被取消了竞争资格后，她眼泪汪汪地离开了人事部。

与此同时，慧子已经飞奔到洗手间，她拧开水龙头，开始清洗那块污点。然后打开烘干器，对着那块浸湿处烘烤着。烤了一会儿，她抬起手腕看表：糟糕，约定的时间马上就要到了。于是，慧子顾不得把衣服彻底烘干，赶紧往总经理室跑。

赶到总经理室门前，慧子一看表，8点15分，还没迟到。慧子正准备敲门进屋，门却开了，珍子大步走出来。慧子看见珍子的白色制服上，那块污点仍然醒目地"躺"在那里。慧子的心里踏实了，她自信地走进办公室，得体地道了声："总经理好。"总经理坐在办公桌后面，微笑地看着慧子白色制服上湿润的那个部位，好像在"分辨"着什么。

这时，总经理说话了："慧子小姐，假如我没有看错的话，你的白色制服上有块地方被水浸湿了。"慧子点了点头。"是清洗那块污点所致吗？"总经理

问。慧子疑惑地看着总经理，点了点头。总经理接着说："在这轮考试中，珍子小姐是胜者，也就是说，公司最终决定录取珍子小姐。"

慧子感到非常愕然："总经理先生，这不公平。据我所知，您是一位见不得污点的先生。但我看见，珍子小姐的白色制服上那块污点仍然清晰可见。"

"问题的关键是，珍子小姐没有让我发现她制服上的污点。从她走进我的办公室，那个黑色公文包就一直优雅地放在她的前襟上，她没有让我看见那块污点。"总经理说。

慧子说："总经理先生，我还是不明白，您为什么选择了珍子小姐而淘汰了我呢？我准时到达了您的办公室，也清除了制服上的污点，而珍子小姐只不过要了个小聪明，用皮包遮住了污点。应该说，我和珍子小姐打了个平手。"

"不！"总经理果断地说，"胜者确实是珍子小姐，因为她在处理事情时，思路清晰，善于分清主次，善于利用手中现有的条件，她把问题解决得从容而漂亮。可你虽然也解决了问题，但你却是在手忙脚乱中完成的，你没有充分利用你现有的条件。其实，那个公文包就是我们解决问题的工具，而你却将它弃之一旁。假如我没猜错的话，你的'工具'忘在洗手间里了吧？"

慧子终于信服地点了点头。总经理又微笑着说："假如我没猜错的话，珍子小姐现在会在洗手间里，正清洗她前襟处的污点呢。"

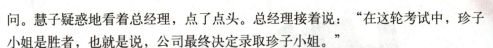

成长课堂

在我们的生活中难免会遇到各种各样的难题。当出现难题的时候，最可怕的就是慌乱导致的失去主次，当一个人没有了判断主次的能力，那么也就很难找到解决问题的办法。所以保持清晰的思维，分清主次，才是解决好问题的第一步。

优秀女孩宣言

慌乱是破坏思维的最可怕的敌人。

没有谁
生来平庸

从身无分文到腰缠万贯，23岁的吴敏仅仅用了3年的时间便实现了这一跨越，然而有谁会想到，这成功竟然是缘于一次事故。

3年前，吴敏正在一户人家当保姆，女主人让她陪着去参加一个楼盘的开盘活动。

售楼小姐带大家去参观样板房时，由于人多拥挤，不知是谁撞翻了客厅墙角处的花盆架，正砸在电视机上，一下子把屏幕砸碎了。看房的人们都推说不是自己的责任，急得售楼小姐直哭。

回来的路上，路过一家玩具店时，吴敏的脑子里突然灵光一闪，她想，能不能像玩具车模那样用一种塑料的仿真家电来代替实物呢？这样开发商不但能降低成本，而且挪动起来也方便，不怕摔不怕碰。

晚上，吴敏向主人谈了自己的想法，没想到主人非常赞同她的主意，并表示愿意为她的这一创意投资。

当吴敏怯怯地说自己只是个小保姆，做这样的事会不会让人嘲笑时，主人平静地说了一句让吴敏一生都难忘的话："这世界没有谁生来平庸。"

在主人的全力支持下，吴敏开始着手设计家电模型、联系生产厂家、拿着自己产品的照片到各个楼盘去推销，并热情地带领房地产公司的负责人来参观自己设计的家电模型。

由于一套家电模型的成本不及实物成本的十分之一，而且比实物更美观耐用，因而她的产品备受客户青睐，首批生产的几十套产品很快销售一空。

后来，大到沙发、衣柜、书橱、电脑桌，小到厨具、餐具、仅供摆设的小玩意儿，吴敏的模型公司里几乎应有尽有。有一段时间，甚至出现了产品

供不应求的局面。于是在不到一年的时间里，她的公司便迅速积聚起了上百万元的资产。

吴敏也从一个为他人做保姆的农村小姑娘，一跃而成了一名远近闻名的公司老总。

女孩卡片

美国·睡衣节

每年的2月2日，是美国的睡衣节。在这一天，所有的人都要穿着睡衣上班上学。据说这是为了放松人们的身心而举办的节日。那时的天气还非常寒冷，所以孩子们一般在睡衣外套上羽绒服，到了学校，把羽绒服一脱，各种颜色和款式的睡衣就展现出来了。这一天，同学们可以用各种姿势来听课，用手撑着头，甚至可以趴在书桌上。总之，这一天你可以放松自己，不必因为工作和学习而使自己处于紧张状态。

正如一位哲人所说的那样："这世界不是有权人的世界，也不是有钱人的世界，而是有心人的世界。"

一个又一个成功人士的经历告诉我们，只要用心去观察、努力去创造，任何人都有可能成为与众不同的人。

成长课堂

做一个有心人，一个敢想、敢向生活发起挑战的人，人生就没有什么不可能。没有人生来就高人一等，也没有人生来就平庸，只有善于思考的人，成功才会眷顾他。其实每个人都可以这样，用自己的大脑为自己创造出不平凡的成就。

优秀女孩宣言

要学会挖掘生活中的种种可能，多提出问题，才能想到解决问题的方法。

穿上鞋子就可以了

有一个国家，因为当时还没有发明鞋子，所以人们都赤着脚，即使是冰天雪地也不例外。国王喜欢打猎，他经常出去打猎，但是他进出都骑马，从来不徒步行走。

有一回他在打猎时偶尔走了一段路，可是真倒霉，他的脚让一根刺扎了。他痛得"哇哇"直叫，把身边的侍从大骂了一顿。第二天，他向一个大臣下令：7天之内，必须把城里的大街小巷统统铺上毛皮。如果不能如期完工，就要把大臣处死。一听到国王的命令，那个大臣十分害怕。可是国王的命令怎么能不执行呢？他只得全力照办。大臣向自己的下属官吏下达命令，官吏们又向下面的工匠下达命

女孩卡片

法国·帝王节

每年的1月6日是法国的帝王节。在这一天，人们纷纷来到糕点铺内购买甜饼，这种甜饼内含有一种叫蚕豆的小东西。在家庭中，先由家中最小的成员把眼睛蒙上，将甜饼分给大家。每人吃甜饼时都想咬到蚕豆。吃到蚕豆的人将封为国王(皇后)，并挑选他的皇后(国王)。全家人或朋友们举杯高颂："国王干杯，皇后干杯。"这一天是所有小朋友都期待的一天，因为不仅可以吃到甜饼，还有可能成为国王或王后，谁不希望自己可以成为这一天的主角呢？

令。很快，往街上铺毛皮的工作就开始了，声势十分浩大。

铺着铺着就出现了问题，所有的毛皮很快就用完了。于是，不得不每天宰杀牲口。杀了成千上万的牲口，可是铺好的街巷还不到百分之一。

离限期只有两天了，急得大臣消瘦了许多。大臣有一个女儿，非常聪明。她对父亲说："这件事交给我来办吧。"

大臣苦笑了几声，没有说话。可是女儿坚持要帮父亲解决难题，她向父亲讨了两块毛皮，按照脚的模样做了两只皮口袋。

第二天，姑娘让父亲带她去见国王。来到王宫，姑娘先向国王请安，然后说："国王陛下，您下达的任务，我们都完成了。您把这两只皮口袋穿在脚上，走到哪儿去都行。别说小刺，就是钉子也扎不到您的脚上！"

国王把两只皮口袋套在脚上，然后在地上走了走。他为姑娘的聪明而感到惊奇，因为穿上这两只皮口袋走路舒服极了。

国王下令把铺在街上的毛皮全部揭起来。很快，揭起来的毛皮堆成了一大堆，人们用它们做了成千上万双鞋子。

大臣的女儿不但得到了国王的奖赏，而且受到了全国老百姓的尊敬。自此后，人们开始穿鞋子，并制出了不同的样式。

成长课堂

从结果出发，寻找解决问题的方法，这种逆向思维方式是值得我们学习的思维方式。我们在考虑问题的时候也一样，不妨试着转个身，也许柳暗花明的惊喜就在眼前。养成逆向思维的好习惯，还可以激发我们的创造力。

优秀女孩宣言

我要学会这种思考方法，它真的很神奇。

怎样计算灯泡的容积

发明家爱迪生曾经有个名叫阿普顿的助手，她毕业于普林斯顿大学数学系，又在德国深造了一年，自以为天资聪明，头脑灵活，甚至觉得比爱迪生还强很多，处处好卖弄自己有学问。平日里，这个姑娘总是伶牙俐齿，有时候甚至会嘲笑爱迪生的古板。

有一次，爱迪生把一只梨形的玻璃灯泡交给阿普顿，请她算算容积是多少。

阿普顿拿着那个玻璃灯泡，轻蔑地一笑，心想：想用这个难住我，也太小看我了！

她拿出尺子上上下下量了又量，还依照灯泡的式样画了一张草图，列出一道道算式，数字、符号写了一大堆。她算得非常认真，脸上都渗出了细细的汗珠。

过了一个多钟头，爱迪生问她算好了没有。她边擦汗边说："办法有了，已经算了一半多了。"

爱迪生走过来一看，在阿普顿面前放着许多草稿纸，上面写满了密密麻麻的等式。爱迪生看了看，微笑着说："何必这么复杂呢？还是换个别的方法算吧。"

阿普顿仍然固执地说："不用换，我这个方法是最好、最简便的。"

又过了一个多钟头，阿普顿还在低着头列算式。爱迪生有些不耐烦了，他拿倒玻璃泡，倒满了水，然后交给阿普顿说："去，把灯泡里的水倒到量筒里量量，这就是我们需要的答案。"

阿普顿这才恍然大悟，爱迪生的办法非常简单而精确。从此，她非常佩服爱迪生的能力。

　　人有时候容易有思维定势，一件很简单的事情往往会想得过于复杂。上例中的阿普顿就犯了这个错误。

　　思维定势是一种根据经验来推断或者受制于常规思维的一种思维方法，许多科学家也会犯这个毛病。据说，牛顿有一次请瓦匠砌围墙，他要求在墙上开一大一小两个猫洞(即大猫进出大洞，小猫进出小洞)。他请来了一个女设计师来为他做这件事，女设计师却找到瓦匠只开了一个大洞，牛顿很不满意。

　　女设计师说，小猫不是也可以从大洞进出吗？牛顿这才恍然大悟。其实，对于女设计师而言这并不是多么困难的事情，只不过是牛顿自己陷入了自己的思维定势而已。

　　经验有时候确实可以帮助我们进行思维，但是，许多经验却会限制思维的广度和灵活性。当思维受阻时，就需要跳出思维的框框，从结果导向去思考问题。

成长课堂

　　让自己的大脑随时保持灵活的思维其实是一件很难的事情，就算是拥有着无比聪明大脑的大科学家，也一样会陷入到思维的陷阱里面去。在生活中，时刻提醒自己从全新的角度进行缜密的思考，避免被定势控制，真的很有必要。

优秀女孩宣言

　　我要跳出思维定势的陷阱，随时保持思维灵活！

读了这么多精彩的故事,和故事中的主人公比起来,你觉得自己能成为一个善于思考的女孩吗?不妨来训练营锻炼一下自己吧!

脑子一动,计上心来

有一天,科学课上,老师给大家出了一个题目:桌上有一只烧杯,杯内盛有水,比水面低一点儿的杯壁上有一个小孔,水从孔里不断涌出。现在要解决的问题是迅速采取办法制止杯中的水向外流。老师给了大家一天的思考时间。第二天要大家把各自的办法演示一遍。

第二天,郑畅、李静、王陵都想出了很好的方法。

爱思考的你,知道他们想到的都是什么好点子吗?

 答案在60页

《旅游省钱妙招》答案:

旅游可以是花钱的无底洞,也可以做到钱尽其用,不浪费一分。以下就是些省钱的招数。

1.向当地人打听餐馆:名声在外的馆子一般都不便宜,但当地人去的大多是既好吃又便宜的地方。

2.利用网络提前计划:出行前,在相关的旅游网站搜集网友们推荐的当地人的家庭旅馆的信息,比住宾馆便宜多了。

3.几人同行选择包车:到了旅游地,人多的话包车比乘坐常规班车更合算,一来可以节省很多时间,二来可以节省体力,三来可以省去很多不必要的麻烦。

第九章

勤奋努力的女孩离成功最近

◀ 以前的我

我把脏袜子脱下来。

等多凑几双再一起洗吧。

装脏衣服的篮子里已经放了两双脏袜子了。

◀ 现在的我

脏袜子换下来，我就要立即把它洗干净。

洗完袜子后，我要及时晾起来。

以前的我

吃完饭，妈妈让我去洗碗。

我装出头疼的样子拒绝了妈妈。

现在的我

我爽快地答应了妈妈。

我在厨房认真地洗碗。

以前的我

在学校组织去春游的游览车上，我和大家一起说说笑笑。

看到有同学在车上还看书，我们都笑话她是书呆子。

现在的我

我在我的旅行背包里装上了一本书。

有空闲的时候，我就拿出书来看。

以前的我

去××地儿玩。

　　我竖着耳朵听见同学们在商量周末去哪儿玩。

有玩儿的地方就一定要有我可可。

　　我也高兴地加入了他们的计划。

现在的我

可可，咱们一起去玩儿吧！

　　同学们叫我和他们一起去玩儿。

不了，我还有好几本书等着我看呢！

　　我微笑着拒绝了他们。

我的成长计划书

勤奋努力的女孩离成功最近

上个学期，老师在给我的评语上说我"悟性好，但就是不够勤奋"，不知道这到底是夸我还是批评我啊！看来，天资不错的我只要再勤奋努力一些，一定可以突破现在在中游摇摇晃晃的成绩。我决定这样做：

1. 每晚读书，不到睡觉时间就不放下手中的书。

2. 学习不只是在课堂上，在生活中学会挤时间，这样的付出才会有回报。

3. 背英语单词是一个学好英语的好办法，无论寒暑我都坚持背诵。

4. 在乘车和走路的时候，我可以听英语广播提高自己的听力。

5. 我要在不擅长的学科方面做更多的努力，这样才能提高总成绩。

6. 学吉他很辛苦，但是我要不怕辛

苦，反复练习。

东方神鹿王军霞

提起王军霞，想必大家都认识，世界女子长跑奥运冠军，两项世界纪录保持者(至今没有人打破)，被誉为"铁人"、"东方神鹿"。在1996年的亚特兰大奥运会上，王军霞获得5000米冠军，并获得10000米亚军，成为中国首位获得奥运会长跑冠军的运动员。那是她第一次参加奥运会，那一刻，身披五星红旗的王军霞，在绕场一周时的自信之美征服了所有的人。她在田径场上的表现可以说为祖国争足了光。谁都知道田径不是中国的强项，而女子长跑的崛起印证了一句话——"谁说女子不如男"。

1991年，王军霞遇到"铁教"马俊仁教练，开始了更加严格、专业的训练。王军霞的前队友马宁宁至今记得1994年春晚上王军霞所说的，"我们队员的脚，没有一个是完整的。我们睡觉时，脚在被窝里都不敢乱动，太疼了，钻心地疼。而每吃一口饭，(饭)就直往上翻，每往上翻一口，眼泪就不由自主地流了下来。但是为了训练，还是硬往下咽。""为了逼自己吃下饭，我们就在干饭下面埋上几口稀饭。那年除夕夜，我们全家正在吃饺子，看到这一段，全家人都哭了。"只要一说起来，马宁宁就会忍不住潸然泪下。生命之中只剩下了跑步，累到极端的时候，王军霞回忆，"那个时候我们在南方训练，每天早上睁开眼睛的时候，就能听到外面那种哗啦啦扫大街的声音，那时候真的好希望是下雨啊，而且还得是下大雨，那样才可以取消训练。"邵宗正是从1994年开始采访马家军的，他从那么多姑娘当中一下子就发现了王军霞：训练过于艰苦，别人都会选择跑内圈，减少距离，只有王军霞永远都选择跑外圈。正是因为这样的训练，王军霞在第7届全国运动会女子马拉松比赛中，以2小时24分07秒的成绩跑完了42.195公里的全程，获得冠军，并超过了亚洲最好成绩。

在备战亚特兰大奥运会的训练中，王军霞连续半年进行了全封闭训练。她每天早上4点就起床，围绕崎岖不平的山路跑上20多公里。王军霞的付出是值得的，她不负众望，在第26届亚特兰大奥运会上，为祖国赢得了女子田径5000米金牌和10000米银牌，创造了东方田径史上的神话，她吃苦耐劳的优良品质，使她终于成了中国的"东方神鹿"。

如今，退役之后的她并没有离开她心爱的长跑事业。虽然不参加任何比赛，但她并没有停止人生的长跑。她在沈阳组建了长跑俱乐部，并担任健康长跑代言人，继续为人民大众作贡献。谢谢你，王军霞，你现在仍和生活在赛跑，生活中有这样那样的困难，但我们坚信你能闯过任何难关。你退役了，但是你没有褪色，你退役了，但你永远写在历史的史册上！加油，王军霞！

成长课堂

　　赛场上的她荣耀四射，可背后她却付出了常人无法忍受的代价。吃苦耐劳的优良品质，是她成为中国"东方神鹿"的秘诀。

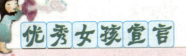

优秀女孩宣言

少而不学，老而无识。

永远的坐票

朋友是一家公司的业务员，经常出差，经常买不到对号入座的车票。可是无论长途短途，无论车上多么拥挤，她说，她总能找到座位。

她的办法其实很简单，就是耐心地一节车厢一节车厢找过去。这个办法听上去似乎并不高明，但却很管用。每次，她都做好了从第一节车厢走到最后一节车厢的准备，可是每次她都用不着走到最后就会发现空位。她说，这是因为像她这样锲而不舍找座位的乘客实在不多。经常是在她落座的车厢里尚余若干座位，而在其他车厢的过道和车厢接头处，总是人满为患。

这样的场面她见得次数太多了，就开始思索这是为什么，久而久之，她也总结出了其中的一些规律。只要她勤于寻找，肯定就会找到一个舒适的座位，而在坐下来之前，她也必然要付出一些辛苦的，因为从拥挤的人群中走来走去，穿过一串长长的过道，这个过程还是充满了艰辛的。

她说，大多数乘客轻易就被一两节车厢拥挤的表面现象迷惑了，不大细想在数十次停靠之中，从火车十几个车门上上下下的流动中蕴藏着不少提供座位的机遇；即使想到了，他们也没有那一份寻找的耐心。眼前一方小小立足之地很容易让大多数人满足，为了一两个座位背负着行囊挤来挤去，有些人也觉得不值。他们还担心万一找不到座位，回头连个好好站着的地方也没有了。这种瞻前顾后和不愿意付出的感觉让他们就一直站在那里，挪不开脚，也没有地方可以坐。与生活中一些安于现状、不思进取、害怕失败的人，永远只能滞留在没有成功的起点上一样，这些不愿主动找座位的乘客大

158

多只能在上车时最初的落脚之处一直站到下车。

　　朋友作为生意人，经常被同行羡慕"运气好"。因为一些看来希望渺茫的机会一

最嚣张的碗

　　这只碗看上去很普通，但是它的中心却竖立着一只手。碗里可以装一些花生、瓜子等零食，但是当你伸手去拿碗里的东西时，那只手会忽然动起来，并且死死地按住你的手。这样的效果会让无意中去取零食的人吓一大跳，而周围的人肯定会被这个结果逗得大笑起来，所以如果你要举办同学之间的聚会，准备这样一个"嚣张"的碗可是必不可少的。

旦被她撞上，总能达成最后的合同。当我听完她"找座位"的故事后，我开始悟出，她的运气其实是她不懈追求的回报。她总是不辞辛劳，永远都在勤奋地寻找着自己的机会，这样的过程充满了艰苦，而她却乐此不疲。她说："勤奋的感觉让我觉得充实"，所以她不会觉得累。

　　她的自信、执着，她的富有远见、勤于实践，让她握有了一张人生之旅永远的坐票。这样的坐票其实到处都有，只看我们是否愿意付出努力、勤于寻找了。

成长课堂

　　生活真是有趣：如果你只接受最好的，你经常会得到最好的。自信、执着、富有远见、勤于实践，会让你握有一张人生之旅永远的坐票。

　　笨鸟先飞早入林！

我要拿 110 分

林巧稚是我国著名的妇产科专家，她治好的病人不计其数，经她亲手接生的孩子更是成千上万，人们非常尊敬她。然而，她刚刚生下来的时候，家里却因她是女孩子，一点儿也不喜欢她。

林巧稚小时候是个聪明的孩子，到了该读书的年龄时，哥哥和弟弟都背着书包高高兴兴上学去了，而巧稚因为是女孩，被爸爸留在了家中，她只好眼睁睁地看着哥哥、弟弟上学。可她非常想读书，于是，就去求妈妈。

妈妈心软，总算答应让她去试试看。巧稚高兴极了，对妈妈说："我一定好好学！"

上学后，巧稚学习很认真，许多男同学的成绩都比不过她。男同学不服气地说："一个小丫头，看她有多能！？"

一次，期末考试快到了，同学们都紧张地复习着功课，课间休息时，巧稚和几个女同学在讨论问题。这时，几个男生朝着她们大声地叫着："这次考试可难啦，你们女生准要考'糊'，能及格就不错了。"巧稚听了"呼"的一下站了起来，理直气壮地说："女生怎么啦？女生照样拿第一。咱们比比看！男生拿100分，我就拿110分！"

为了这句话，巧稚加倍刻苦学习。别人看一遍书，她就看三遍书；别人做一道题，她就做10道题；别人9点钟睡觉，她却要到深夜11点或12点钟睡，样样都要比别人多花工夫。此外，她还阅读了大量的课外书籍，让自己的知识变得更加充实起来。

不久，考试到了。巧稚每次考试都认真地答题，仔仔细细地计算。让很多同学头疼的是，考试的题目很灵活，并不全是课本上的知识，所以很多人都大脑发蒙，不知道该如何应对，而准备充分的林巧稚却轻易就完成了。考试完了，成绩一公布，林巧稚果真拿到了全班第一名。男生不得不佩服地说："林巧稚真行！"

林巧稚凭借着这股子不服输的劲头，成为了最优秀的学生。然而她并没有因此满足。在学习之余，她涉猎很广，阅读了很多书籍，这为她以后成为一名优秀的妇产科专家奠定了深厚的基础。

以后，巧稚自己说的这句话深深地刻在她心里。样样都要拿"110分"，样样都要比男生强！她靠着顽强的毅力、刻苦的精神，不断进取，努力奋斗，终于成为我国一流的妇产科专家。

成长课堂

阅读不仅是为了提高自己的成绩，更是为了扩大自己的知识面，在现今社会，一个人在知识容量有限的情况下，知识的多样性才是让我们脱颖而出的关键所在。勤于阅读，必然会让我们获得更多的知识，并更好地运用它们。

优秀女孩宣言

我要勤于阅读，让自己的知识量快速增长起来。

为梦想，『三进三出』游泳池

罗雪娟，高个子的杭州姑娘，个性张扬，性格开朗，爱说爱笑，百米蛙泳奥运冠军。可是，小时候的罗雪娟却很难让人和现在的她联系起来。小学班主任说她小时候是个合群的"乖乖女"，教练说她是个"小个子"，因力气小才练蛙泳，到省队还"三进三出"。

"一年级时我去'宝小'挑她的时候，她个子还比较瘦小，力气也不大，所以教练就让她练蛙泳。"体育老师赵承健说，"她很喜欢游泳，那个时候，整天泡在这里，穿个小泳衣，非常刻苦。"

游泳池在室外，每年从4月练到10月，每天至少练两个小时，一直练到身体发抖。那个时候，水舍不得换，要到池里的水长小虫子了才换。赵老师说，卖鱼桥小学一直有个传统，上学前班都要练游泳。罗雪娟家在仓基新村，学区在"宝小"，但她非常喜欢到卖鱼桥小学学游泳，学前班她就在卖鱼桥读的。她小时候家里比较困难，但她很听话，练游泳都是自己来，自己回家。

如今，这个游泳池已经非常破旧，旁边的体育馆已经变成了菜市场。在游泳池边，还可以找到当初教罗雪娟的陈老师，70多岁的他曾经在这里教了38个年头。陈老师说："这个小姑娘不容易啊，当初进省队是'三进三出'，因为她只有蛙泳好，其他三个姿势都不怎么样，身体素质又不出挑，她就整天泡在池里，后来终于被省队的一位新教练给挑去了。"

罗雪娟的小学班主任李瑶英老师对小时候的罗雪娟仍然印象极深，"那个时候，她几乎每天下午都要去游泳。但她很懂事，游泳从不影响学习，中午的时候就回来问老师当天的家庭作业。中午人家在玩的时候，她就在一边乖乖地做作业。每次回家做作业，她都能很好

地完成。"李老师回忆说，"她和同学们非常合得来，还在主题班队活动中参加跳舞呢。有的小朋友比赛回来没得奖就不开心，然而她的心态很好，即使没得奖

女孩卡片

九宫格卫生纸

上厕所的时候是否会觉得很无聊呢？现在有人把上厕所的时间变成锻炼智力的宝贵时间了，它就是九宫格卫生纸。在这种纸的背面，用特殊材料印刷了很多的九宫格填字游戏，以数字类居多，在你上厕所的时候就可以抽出一截九宫格卫生纸来玩儿。只不过这种纸也有不好的地方——要是遇到填字游戏的爱好者，导致他不愿意出来，那可就不好了！

也和以往一样，不会把它放在心上。她仰卧起坐一分钟做50多个还很轻松，跳远也很厉害。"

　　在罗雪娟成长的道路上，父母一直默默关注和支持着她，给予她良好的家庭教育，引导她从小立志做一个为自己的梦想而努力奋斗的人。罗雪娟说，是父母的鼓励让她对自己始终充满信心。

成长课堂

　　虽然小时候条件艰苦，可是罗雪娟一直保持着自己对游泳的热情，正因为有了这种热情才有了她对游泳的不懈努力，所以最后她成功了。当你热爱一件事情时，即使遇到再大的困境，请你一定不要停止对它的追求。

优秀女孩宣言

　　我要培养起自己对各个科目的兴趣，只有这样我才会有不断探索的热情。

163

掉进米缸里的老鼠

　　有一只小老鼠饿极了，四处寻找食物。它沿着楼梯爬进了一户人家的厨房，东看看西瞧瞧，橱窗里摆满了好吃的食品，可是玻璃窗关得严严实实，密不透风，连只苍蝇、蚊子也钻不进去，更别说像它这么大的小老鼠了。小老鼠眼巴巴地流了一地口水，长叹一声还是不想转身离开。它沿着橱窗边缓缓地爬着，一不小心，咕咚一声，它掉了下来。

　　小老鼠掉进了一只盛满米的米缸里。四周安静极了，一点儿响动也没有。小老鼠禁不住一阵狂喜。为了安全起见，它先用舌头舔了舔米粒，发现自己口不干、舌不燥、头不晕、脑不涨、肚不痛之后，小老鼠放心了，这缸米粒没有毒，不是主人掺了耗子药的诱饵，这或许是上帝特意赐予它的美餐。

　　于是，小老鼠开始享受起如此的幸运。它再也不用辛辛苦苦地去别的地方寻找食物了，每天吃了睡，睡了吃。时间过得很快，米缸里的米只剩下一半了，不过没关系，小老鼠高兴的时候依然可以跳出去，在外面玩饿了，它再跳回米缸里来。就这样，小老鼠守着这口米缸，不愿离去，重复着那种吃了睡、睡了吃的安逸生活。终于有一天，米缸里的米所剩无几了，再后来，米缸里的米吃光了。小老鼠不得不离开这个空米缸了，这时候小老鼠才发现，原来缸底离缸口的距离是那么远、那么高，无论它怎么用力，也没办法跳出去了。

小老鼠的命运可想而知，它最后悲惨地饿死了。

小老鼠的悲剧让人扼腕叹息，但如果将人和老鼠换一个位置，谁敢说就不会发生同样的悲剧？老鼠一边享受着白米的美味，一边却在不知不觉地自掘坟墓，它的危机感在食欲的极度满足中丧失贻尽。

一只饥饿的老鼠突然之间掉进了米缸里，和一个穷光蛋转眼之间发了财、一个境遇坎坷的人一脚踏上了阳光道、一个卑下的人幸运地迎接了成功有什么两样？那种狂喜过望的心情，以至于不敢相信。开始试探着过一种跟以往完全不同的奢侈生活，暂且确认别无大碍之后，安然享受起来。放弃努力，不用辛苦地劳动，坐吃山空的生活是多么安逸。以为这一次的幸运已足够自己消受一辈子了，其实错了，一方面，享受的贪婪欲望不断膨胀，原本看似不薄的老本越来越经不起消耗；另一方面，安乐椅上坐久了，要想重新站起来就不那么容易了，甚至可能失去了再站立的能力。如此，直到有一天，惊异地发现老本已经吃光，而时过境迁，许许多多的机会已经走远，眼前留下的只有葬送青春和生命的空荡荡的一把安乐椅。

成长课堂

看到了吧，做任何事情如果不付出辛勤的劳动的话，就会像这只生活在米缸里的老鼠一样，终有一天会被活活饿死。辛勤的劳动不仅能带给我们丰盛的果实，也能让我们的人生因为充实而快乐。

优秀女孩宣言

我一定不会像那只小老鼠一样。

读了这么多精彩的故事，和故事中的主人公比起来，你觉得自己能成为一个勤奋努力的女孩吗？不妨来训练营锻炼一下自己吧！

学外语的诀窍

这个学期，胡灵的成绩突飞猛进，令老师和同学们刮目相看。

从前的她，学习成绩很一般，英语也不是很出色，但是这一个学期以来，大家发现胡灵的进步简直可以说让人无法相信，她的英语单词量在急速地增长着，而且学习成绩也越来越好了。同学们都很好奇，老师也觉得胡灵的进步值得所有的同学借鉴。

于是在班会的时候，老师请胡灵来讲一讲自己学习英语的方法，让同学们可以共同进步。胡灵笑眯眯地走上台，向大家鞠了一躬，说："以前，我的英语成绩很普通，但是现在我的成绩得到了很快的提高。同学们都很好奇，朋友们也都在问我是怎么做到的，其实，我的诀窍只有两个字……"

同学们，你们能猜到是哪两个字吗？

答案在40页

《抓住你的注意力》答案：

我也有过像王梅同学这样的情况，后来老师告诉我：在一节课的开始，兴奋点有时还停留在上节课的内容或课间所从事的活动中。所以，为了将自己分散的注意力吸引到特定的教学任务和活动之中，使自己的思维尽快达到最佳水平，一定要让自己尽快对老师所讲的开始感兴趣。

既然王梅这么爱幻想，我建议她：可以把上课的情景幻想一下，譬如幻想自己是在一个古老的私塾里上课，老师穿着古袍在给大家讲解，同学们都听得摇头晃脑，这样就很有意思，自己也会很想听了。当然，只能幻想一下情景，注意力还是应该集中在老师的讲解上。

第十章

热爱读书，让女孩散发知性魅力

◀ 以前的我

爸爸下班回来，给我买了一本《益智游戏》。

还是时尚杂志好看。

我把爸爸为我买来的书丢到一边，继续看时尚杂志。

◀ 现在的我

桌上再没有时尚杂志，都是有益的课外书。

我正在看的是爸爸推荐给我的书。

以前的我

我在玩玩具，妈妈在叫我。

我快速地翻看着《中外名著》。

现在的我

我主动拿出那本《中外名著》。

阅读时我一边读一边思考，体会着作者的意图。

168

◀ 以前的我

我在书桌边，手里拿着书，眼睛却看着墙上的钟指向8点。

我在看电视，学电视上的歌手唱歌。

◀ 现在的我

外面屋里的电视在放着好看的节目，我在自己屋里看书。

我在津津有味地看书。

以前的我

可可，咱们今天去书店给你买点儿书，好吗？

妈妈要带我去书店买书。

我不想买书，我想买个HELLO KITTY！

我不喜欢买书，只喜欢买玩具。

现在的我

我把爸爸妈妈书柜里能读的书读了个遍。

一有时间，我就去书店买书。

我的成长计划书

热爱读书，让女孩散发知性魅力

读了这么多年的书，我现在才发现，都是爸爸妈妈和老师要我读我才读的，从来没有自己主动过，难怪我的表现评价总是"中等"。以后，我要培养自己对读书的兴趣，自觉自愿并且愉快地读书。

1. 抄录所阅读到的优美句子，并经常翻看。

2. 一个星期写一篇读书笔记。

3. 这学期把书架上妈妈给我买的那些好看的书看完。

4. 经常给表妹讲故事，这样我就会看更多的书了。

5. 把借书卡找出来，周末到图书馆去看一些新鲜有趣的书。

6. 争取这个学期的期末能得一个

"优秀"的学习评价。

只要能读书

美籍女作家萨拉·奥恩·朱伊特的父辈是犹太人，祖籍俄国，为逃避沙皇大屠杀而流亡国外。萨拉出生于英国伦敦，后随父前往美国，幼年时代的萨拉，生活极为贫困。在逆境中摸爬滚打多年之后的萨拉，仍念念不忘这段生活经历，她十分珍惜这一笔值得长留心田的精神财富……

萨拉起初在白人学校里念书，她所在的班里富家子弟占绝大多数。他们不仅不用心读书学习，还以欺辱穷孩子为乐。一次，萨拉的老师里约尔·琼正在上数学课，老师几次向同学示意，希望有谁能自告奋勇站到讲台前，计算出黑板上的那道数学题。可教室里一片寂静，没有一个人敢站出来走上讲台。老师环顾四周，突然，她眼睛一亮，目光停在教室最后一排的一个座位上。一只瘦瘦的小手，怯生生地举过头顶。在老师的鼓励下，萨拉走上讲台，很快写出了那道数学题的计算过程和正确答案。

老师看了看黑板，脱口道："完全正确，萨拉，好样的！"老师高兴地夸奖萨拉。老师万万没有料到，就是她那句夸奖萨拉的话，却给萨拉带来了不幸，她居然在放学的路上被同学打了。

无奈之下，萨拉只好不顾种族歧视转学到离家不远的一所黑人学校读书。虽然那里条件实在太差：昏暗的教室，白天跟黄昏时差不多；傲慢的白人老师高兴则来，不高兴就不来给同学们上课。这一切都未能阻止萨拉求学的决心，她始终坚持认真勤奋地学习。

萨拉家里很穷，晚上一般不点

灯。晚饭后到睡觉之前这段宝贵时光，如不用来看书学习，实在是太可惜了。

萨拉常常因晚上没灯无法学习而苦恼。有一天晚上，萨拉躺在床上，翻来覆去，久久不能入睡。无意中她从窗口向外张望，远处的一盏路灯令她思路开朗：嘿！有了，明天我就到那盏路灯下去看书！打那之后，萨拉每天晚上都要坐在那盏路灯下默默地看书学习，不管刮风下雨，从不间断。

小学的时候，萨拉的同学差不多都是黑人，他们彼此同情，相互关心，关系不错。他们相互支撑着，度过了不幸的童年……

14岁那年，萨拉的父亲因为劳累过度，过早地离开了人世。

为了担负起整个家庭的重担，萨拉中途退学，经营起父亲留下的那间小五金店。这期间，萨拉边工作边自学。1929年，萨拉得以复学，她仅用一年时间便读完了高中。不久，萨拉通过了芝加哥大学的奖学金考试，以插班生资格直接进入化学系三年级就读。毕业后，萨拉留校任化学教师。萨拉在长期的教学生涯中，发表了七百余篇论文，写有四部著作，并培养了一百余位博士生。

成长课堂

一位身处如此环境中的小姑娘，依然保持着对学习如此浓烈的兴趣，甚至于坐在路灯下去读书，与我们今天优越的学习环境比较，这种精神真的让我们汗颜。我们还有什么理由不去好好读书呢？

优秀女孩宣言

珍惜眼前的良好环境，认真学习，努力读书，让自己变得更加优秀。

塔吉娅娜·莫斯科维娜是俄国女作家。塔吉娅娜于1711年11月19日生在阿尔汗格尔斯克省·霍尔莫果尔附近的一个小村里。父亲瓦西里原是一个孤儿，后来当了渔民，他很健壮也很能干，可他目不识丁，直到30岁才结婚。母亲阿列娜·伊凡诺夫娜是个很善良、笃信宗教的人，她每天晚饭后都读《圣经》。

父亲忙着打鱼，母亲在家总是教她这教她那的。塔吉娅娜稍稍懂事后，母亲就给她讲《圣经》上的故事听，看来都是些平凡的小事，可对她日后的成才是起了很大的作用的，因为这都属于早期教育。

小塔吉娅娜3岁的时候，大概是对《圣经》感兴趣了，她拿来《圣经》，母亲以为她是想玩儿书上的蓝丝带或书扣，把书移近她，可她却去翻书，母亲怕她把书撕坏拿走了，结果她大声地嚷了起来。

母亲给她读《圣经》，她很感兴趣，常常问《圣经》里的故事，还让母亲教她学字母，这让母亲想到：该让孩子上学了。

米沙宁斯卡亚村有一位已退休在家、名叫尼基蒂奇的教堂执事，母亲带塔吉娅娜去找她，求她教孩子。

塔吉娅娜14岁那年，得到了两本对她一生很重要的书：《斯拉夫语语法》、《算术》。关于这两本书还有段故事哩！

在离她家不远的斯特洛夫村，住着一个叫杜金的生意人，她有文化，家里还有书。渴望读书的塔吉娅娜早就注意到她家的书了。向她借，她不肯。塔吉娅娜就打她两个儿子的主意，那两个儿子说："想要书，那有条件，得给我们弄到一只小海象！"

于是，塔吉娅娜各处去找海象。后来叶烈麦大叔帮她找了一位商人，商人提出换工：如果塔吉娅娜给她白干4天活儿，作为报酬就送她一只小海象。她干了4天活儿，海象弄到手，书也到手了。

扎伊科罗斯帕斯基学校是莫斯科有名的学校，建校已50多年，曾培养出许多著名的学者。塔吉娅娜完成课堂学习外，还常常去图书馆看书，她对自然科学产生了兴趣。

一天，在全校师生大会上，学校宣布：元老院要挑选12名成绩最优秀的学生去彼得堡科学院深造。全校都震动了，塔吉娅娜更是兴奋。彼得堡科学院那可是全国最高学府啊，在本校毕业只能当神父，如果从彼得堡科学院毕业，就可以专门从事科学研究……就可以实现自己的理想啊！

竞选的考试开始了，考试要求用拉丁文答卷，彼得堡院方亲自监堂，塔吉娅娜第一个交了卷。结果，塔吉娅娜的成绩最高，录取的另外11名同学中还有她的好友维诺格拉多夫。

学校把考生们召集到大厅，正要宣布录取名单时，她却被揭发是个渔民的女儿，人们议论纷纷。彼得堡科学院代表说："她犯了校规，本应当受到处分，可是全校学生的成绩没有一个超过她的，那么叫她本人谈谈吧！"

盖尔曼神父说："你隐瞒出身，照校规要把你送到边远的教堂去服劳役，你怎敢欺骗上帝？"

塔吉娅娜诚恳地向老师们说明：这都是自己在强烈的上学愿望支配下做出来的事。她承认自己有罪，也愿意到边远的教堂去服劳役。她还说自己到那里还要学习，如果丢掉学习，她宁愿死去。她哭了，不少人被她的发言感动了。

彼得堡科学院的代表不愧是有学问、有胆识的人，他竟然表示不给她定罪，还决定破格准许她去学习。就这样，塔吉娅娜又通过了一个难关，和同学们一道去彼得堡上学了。

成长课堂

一个从艰苦的环境中成长起来的俄国女孩，她的母亲在她的心里种下了爱学习的种子，而她让这颗种子不断长大，终于长成了一棵参天大树，成就了自己的一生，更为所有的人树立了学习的榜样。

只要努力，小种子也可以长成一棵大树。

爱读书的茱莉

1809年2月12日是个大雪飘飞的日子，美国肯塔基州的农民托马斯家里一个小小的生命降生了，托马斯为她取名为茱莉。6岁那一年，母亲决定把茱莉送到学校读书。由于经济方面的原因，茱莉所上的是一所设备非常简陋的学校。学校仅仅存在了一年，就因为这里的老师嫌条件艰苦而离去，学校不得不关闭了。

但这一年的教育，激起了茱莉强烈的求知欲。于是她不管走到哪里，总是要带着一本书。没过多久，茱莉已经将家里所有的藏书都看完了。这怎么办呢？母亲给她想了一个办法——去别人家借书看。有时候茱莉为了借一本书，往往要走上几公里的路，这些路程对于一个八九岁的孩子来说，是长了一点，可是茱莉却没有因此而放弃过读书的兴趣。

因为生活贫穷，有时候，茱莉要到一些有钱人家去帮着干一些活儿，来补助家里的开支。有一天，她到邻村有名声的鲍里斯医生家里去干活。她在帮鲍里斯医生打扫零乱的房间时发现桌子上放着一本《华盛顿传》，喜好读书的茱莉大胆地开口向鲍里斯医生借这本书。这对于刚拥有这本新书的鲍里斯医生来说，实在是有些舍不得。

"孩子，你能看得懂这本书吗？""是的，鲍里斯先生。"

"可是这是一本新书，你能把它保管好吗？""当然，这肯定没问题。"

"好吧，你既然这样喜欢它，那就借给你几天吧！千万不要把它给弄脏了。"

茱莉借到书，心里高兴极了，于是干完活以后，她赶快回到了家里。劳累了一天的茱莉完全忘掉了疲劳，坐在火炉边看起那本《华盛顿传》来。12点的钟声都已敲响了，茱莉还坐在火炉边上看书，一直到深夜2点，在妈妈的一再劝说下，小茱莉才爱不释手地放下了《华盛顿传》。

在沉睡中，茱莉被一阵轰鸣的雷声吼醒了，那破旧的家正在四处漏雨，茱莉吓得赶紧去看那本放在床头桌子上的新书，可是已经晚了，那本新书早已被雨水给淋湿了。

茱莉看着湿淋淋的书，慌忙把它拿到炉火旁去烘烤，结果被烘烤干的书皱皱巴巴的，茱莉的内心既焦急又难过。天亮了，茱莉把没看完的书还给了鲍里斯医生，希望得到鲍里斯先生的原谅，可是当鲍里斯医生看着昨天还崭新的书今天已经面目全非时，他有些生气了。

"对不起，先生，我实在不知道夜晚会下起雨来。"

"你知道这本书值多少钱吗？"

"先生，我可以为您干活，用工钱来赔偿这本书吗？"

就这样，茉莉为鲍里斯先生干了3天的活，第三天的时候，鲍里斯被爱读书的茉莉给感动了。

"行了。孩子，这本书完全可以归你所有了。"

茉莉勤奋好学的事在农夫们那里口耳相传，人们都愿意把家里的藏书借给茉莉阅读，几年之中她把远近几十里内所能找到的书都读完了。通过不懈努力，茉莉终于在她23岁时出版了自己的第一本书，成为了一名出色的女作家。

成长课堂

阅读让茉莉感觉到了前所未有的快乐，沉浸在书中的世界，让她可以体会到世界上最美好的感觉。而阅读也最终成就了她一生的事业，让她从一个平凡的小女孩变成了伟大的女作家。

优秀女孩宣言

我要勤于阅读，让自己的知识量快速增长起来。

李清照买书

北宋女词人李清照十分爱读书，她常常因得到一本好书而不食不眠。

有一年清明前，李清照的姨母给她做了一件漂亮的裙衫。这天，李清照来到书市，看到在一个不被人注意的小角落，有一位须发皆白的老者，只守着一个小摊，上面放着一摞书。老者看起来风度翩翩，并不像普通的商贩，更奇怪的是，他并不招揽顾客，好像并不希望自己的书卖出去似的。李清照觉得非常有意思，便走了过去，想和老者说几句话。可是，她突然被地上的书吸引住了，书皮上以篆字写着《古金石考》。她不禁大吃一惊，这就是她梦寐以求的古书，这部书流落民间几乎失传，她找过好多人帮着购买，结果都没有买到。李清照抑制不住自己的惊喜，拿起一本便翻看起来。

不知什么时候，她突然猛醒这是人家要卖的书。李清照手里紧握着书，急切地问："老伯，您这套书可是要卖？"老者点点头："是啊，这是家传的一部古书，无奈时运不济，家遭变故，实在是没有可以救急的物件儿了。我就在这儿等着，只想等个懂得它的人来，给它个好归宿！"李清照微笑着问老者："老伯，您需要多少钱来应急？"老者说："唉，应急至少也得三十两吧。姑娘你看着给吧，只要能好好地保存它，就是少点儿也没什么。"

没等老者把话说完，李清照便把自己随身带的钱全部倒了出来，仔细查点也不过十两左右。李清照显得有些着急，对老者说："老伯，我今天出门仓促，没有带那么多现钱，你明日可否还来这里？我一定带多于三十两来拿书，好吗？"老者为难地说："姑娘，不是我不答应你，只是今天日落，无论这书卖不卖得出去，我都要和他们一起出城回家的。"

李清照一听，急忙抬头望天，这时已近日暮，她一时间竟不知道怎么办才好。她不自觉地握了一下衣角，这一握让李清照有了办法，她立即对老者说："老伯，您只要再等我一会儿，只一会儿就好！一定要等我啊！"然后她转身就跑，留下不知所措的老人站在那里。

过了半个时辰，老者见李清照只穿了一件内衬的单衣跑了回来，手里拿着银两。原来，她把自己的新衣给典当了，换了二十多两银子，连同自己原来的十几两银子，一起交到了老者手中。老者看到一个年轻姑娘家竟然为了一套书不惜当街只穿着单衣薄衫，十分感动。老者说什么也只要三十两，可是李清照没有让他再推辞："老伯，您给我的可是无价之宝啊，若是今日我身边能再有些银两也会倾囊相赠的。您就不用再推辞了。"然后，李清照抱起那套珍贵的《古金石考》，穿着单衣，在乍暖还寒的春天里回家去了。

李清照后来成为我国文学史上第一女词人，与她对知识的热爱、对书的痴迷是分不开的。正是因为痴迷，她才可以有所放弃，即使是姨母赠送的新衣服也可以典当出去。

成长课堂

正是因为有对知识的热爱和对书的痴迷，才有了李清照后来在文学上的造诣。在人生道路上，你应当保持对生活和学习的热情，不断地吸取能够使自己继续成长的东西来充实你的头脑，否则你只能止步不前。

优秀女孩宣言

阅读将成为我的生活习惯，成为我的心灵体操。

邓颖超的阅读习惯

邓颖超一直很忙，可她总是挤出时间，哪怕是分分秒秒，也要用来看书学习。她的故居简直是书天书地，卧室的书架上，办公桌、饭桌、茶几上，到处都是书，床上除一个人躺卧的位置外，也全都被书占领了。

为了读书，邓颖超把一切可以利用的时间都用上了。哪怕只有几分钟时间，她也要看上几句名人的诗词；游泳上来后，她顾不上休息，就又捧起了书本；连上厕所的几分钟时间，她也从不白白地浪费掉。一部重刻宋代淳熙本《昭明文选》和其他一些书刊，她就是利用这种时间，今天看一点儿，明天看一点儿，断断续续看完的。

邓颖超外出开会或视察工作，常常带一箱子书。途中列车震荡颠簸，她全然不顾，总是一手拿着放大镜，一手按着书页，阅读不辍。到了外地，她同在北京一样，床上、办公桌上、茶几上、饭桌上都摆放着书，一有空闲就看起来。

邓颖超晚年虽重病在身，仍不废阅读。她重读了解放前出版的从延安带到北京的一套精装本《鲁迅全集》及其他许多书刊。

有一次，邓颖超发烧到39度多，医生不准她看书。她难过地说，我一辈子爱读书，现在你们不让我看书，叫我躺在这里，整天就是吃饭、睡觉，你们知道我是多么的难受啊！工作人员不得已，只好把拿走的书又放在了邓颖超身边，她这才高兴地笑了。

邓颖超从来反对那种只图快、不讲效果的读书方法。她在读《韩昌黎诗文全集》时，除少数篇章外，都一篇篇仔细琢磨，认真钻研，从词汇、句读、章节到全文意义，哪一方面也不放过。通过反复诵读和吟咏，韩集的大部分诗文她都能流利地背诵。《西游记》、《红楼梦》、《水浒传》、《三国演义》等小说，她从小学的时候就看过，到了60年代又重新看过。她看过的《红楼梦》的不同版本差不多有10种以上。一部《昭明文选》，她上学时读，50年代读，60年代读，到了70年代还读过好几次。她批注的版本，现存的就有3种。

一些马列、哲学方面的书籍，邓颖超反复读的遍数就更多了。《联共党史》及李达的《社会学大纲》，她各读了10遍。《共产党宣言》、《资本论》《列宁选集》等，她都反复研读过，许多章节和段落还作了批注和勾画。

几十年来，邓颖超每阅读一本书、一篇文章，都在重要的地方画上圈、杠、点等各种符号，在书眉和空白的地方写上许多批语，有的还把书、文中精当的地方摘录下来或随时写下读书笔记、心得体会。邓颖超所藏的书中，许多是朱墨纷呈，批语、圈点、勾画满书，直线、曲线、双直线、三直线、双圈、三圈、三角、叉等符号比比皆是。

邓颖超的读书兴趣很广泛，哲学、政治、经济、历史、文学、军事等社会科学以至一些自然科学书籍无所不读。

在她阅读过的书籍中，历史方面的书籍比较多。中外各种历史书籍，特别是中国历代史书，邓颖超都非常爱读。从《二十四史》、《资治通鉴》、《历朝纪事本末》，直到各种野史、稗史、历史演义等她都广泛涉猎。她历来提倡"古为今用"，非常重视历史经验。她是一个真正博览群书的典范。

成长课堂

邓颖超是我国老一代的革命前辈，她一生中绝大部分时间都在为了中华民族的崛起而奋斗着。就算如此忙，她也没有放弃每一个读书的机会，真正做到了博览群书。她这种爱阅读的习惯也帮助她在建设祖国的工作中发挥出更大的作用。

优秀女孩宣言

做一个博览群书的女孩，以后才能有更大的作为。

　　1900年10月5日的夜晚，月光如水，万籁俱寂。子夜时分，福州隆普营谢家宅里突然传出婴儿的呱呱哭声，那就是冰心来到人世间的第一声啼哭。

　　冰心自幼聪慧好学，特别喜欢听故事。为了鼓励她用心学习，当时担任她家私塾督师的舅舅杨子敬常对她说："你好好做功课吧，等你做完了功课，晚上我给你讲故事。"舅舅给她讲的第一部书是《三国演义》，那曲折的情节、鲜活的人物深深吸引了小冰心，等讲完一段，舅舅总是再讲一回。为了每天晚上都能听"三国"的故事，她学习更认真了，功课总是做得又快又好。可是，舅舅晚上常常有事，不能给她讲"三国"，有时竟停了好几天，这可把小冰心急坏了。不得已，她只好拿起舅舅的《三国演义》来看，这时她才7岁。最初，她大半看不懂，就囫囵吞枣，硬着头皮看下去，不懂的地方，就连猜带蒙，有时，居然被她蒙对了。这样，她慢慢地理解一些书的内容了。她越看越入迷，看完《三国演义》，又找来《水浒》、《聊斋志异》……母亲见她手不释卷，怕她年纪过小，这样用功会伤了脑子，便竭力劝她出去玩儿，她却不肯。母亲只好把书给藏起来，可不知怎么搞的，那些书总是神不知鬼不觉地又被小冰心找了出来。

　　冰心不但把读过的书都用心记住，还时常把书中的故事讲给别人听。假日时父亲带她到军舰上去玩儿，水兵们听说这个7岁的孩子会讲"三国"的故事，就纷纷围住她，当小冰心神气而又一本正经地说："天下大势，分久必

爱书的冰心

合，合久必分……"时，众人被她那稚气的神情逗得捧腹大笑。听完故事，水兵们拉着她的手，称赞她聪明伶俐，并把他们在航行中用来消磨时光的小说包了一包，送给冰心作为"讲书"的奖品。回到家里，小冰心迫不及待地打开那包书，那都是些商务印书馆出版的早期翻译的欧美名家小说，这些书令小冰心爱不释手。当时商务印书馆出版的书，大都在书后印有书目，她从书目中看到了林纾翻译的其他欧美名家小说，就按书目去寻找别的小说来读，于是，她开始接触外国文学作品。

一天晚上，祖父对她讲起了贫寒的家世。原来谢家先辈世居福建长乐横岭，清朝末年，冰心的曾祖父为灾患所迫，来到福州学裁缝谋生。一年春节，曾祖父去收工钱，因不识字被人赖了账，两手空空地回家来。正等米下锅的曾祖母闻讯，一声不吭，含泪走了出去。等到曾祖父去找她时，她正要在墙角的树上自缢，曾祖父救下了她，俩人抱头痛哭。他们在寒风中跪下对天立誓，将来如蒙天赐一个儿子，拼死拼活也要让他读书识字，好替父亲记账、要账。祖父抚摸着小冰心的头说："你是我们谢家第一个正式上学读书的女孩，你一定要好好地读啊！"小冰心睁大眼睛，久久地望着祖父。那个夜晚，祖父那期盼的眼神、那语重心长的话语深深地烙进了她的心里。

后来，冰心成为了我国有名的文学家。

成长课堂

人的本质在于创新，可以不断超越自己。但是超越必须以明确的方向为指引，否则只是盲目浪费时光与热情。学习的目的就是为人生定位，在学习中逐渐让生命得到安顿，这种乐趣是内发的与永恒的。孔子说："学而时习之，不亦说(悦)乎！"果然是经验之谈。

优秀女孩宣言

读书，也是人生一笔获利丰厚的储蓄！

读了这么多精彩的故事，和故事中的主人公比起来，你觉得自己能成为一个热爱读书的女孩吗？不妨来训练营锻炼一下自己吧！

名著该怎么读？

丁薇是一个六年级的学生，她很喜欢读书。课余时间，她读了大量的少儿报纸和杂志，偶尔也看看当地的报纸，了解一些新闻。这一天，表姐借给她一本厚厚的《红楼梦》，她翻开一看，好多字不认识呀！并且还有一些句子看不懂，好像看这么厚的书的时间也不够，但是丁薇很想知道这本书里写的林黛玉和贾宝玉的故事与电视里的是不是一样。

她很苦恼，你能帮她想些法子吗？

答案在20页

《甜甜的计划》答案：

首先，我认为甜甜应该有自己的目标计划，明确自己每天要完成的重点是什么，将时间分出轻重缓急来。不然，很多宝贵时间就会白白流过。

另外，她可以采用一种"卡片法"。此法又分随身卡片和床头卡片。

具体做法是：把每个星期自己准备看什么课外书、到什么地方玩儿等等，罗列出来，并把做这些事情的时间写在一张大卡片上，放到床头。然后，把每天要做的事写到小卡片上并随身携带。到了晚上，做了的事画勾，没做的事转到第二天。每个周末再来检查一下这一周计划完成的情况。